AF205043

Tucholsky Wagner Zola Scott Sydow Freud Schlegel
Turgenev Wallace Fonatne
Twain Walther von der Vogelweide Fouqué Friedrich II. von Preußen
Weber Freiligrath Frey
Fechner Fichte Weiße Rose von Fallersleben Kant Ernst Richthofen Frommel
Hölderlin
Engels Fielding Eichendorff Tacitus Dumas
Fehrs Faber Flaubert
Eliasberg Ebner Eschenbach
Feuerbach Maximilian I. von Habsburg Fock Eliot Zweig
Ewald Vergil
Goethe Elisabeth von Österreich London
Mendelssohn Balzac Shakespeare
Lichtenberg Rathenau Dostojewski Ganghofer
Trackl Stevenson Doyle Gjellerup
Mommsen Tolstoi Hambruch
Thoma Lenz Hanrieder Droste-Hülshoff
Dach Verne von Arnim Hägele Hauff Humboldt
Reuter Rousseau Hagen Hauptmann Gautier
Karrillon Garschin
Defoe Hebbel Baudelaire
Damaschke Descartes
Hegel Kussmaul Herder
Wolfram von Eschenbach Dickens Schopenhauer
Bronner Darwin Melville Grimm Jerome Rilke George
Campe Horváth Aristoteles Bebel Proust
Bismarck Vigny Barlach Voltaire Federer Herodot
Gengenbach Heine
Storm Casanova Tersteegen Grillparzer Georgy
Chamberlain Lessing Langbein Gilm
Brentano Lafontaine Gryphius
Strachwitz Claudius Schiller Schilling Kralik Iffland Sokrates
Katharina II. von Rußland Bellamy
Gerstäcker Raabe Gibbon Tschechow
Löns Hesse Hoffmann Gogol Wilde Vulpius
Luther Heym Hofmannsthal Klee Hölty Gleim
Roth Heyse Klopstock Morgenstern Goedicke
Luxemburg Puschkin Homer Kleist
La Roche Horaz Mörike Musil
Machiavelli Kierkegaard Kraft Kraus
Navarra Aurel Musset
Nestroy Marie de France Lamprecht Kind Kirchhoff Hugo Moltke
Laotse Ipsen Liebknecht
Nietzsche Nansen Ringelnatz
Marx Lassalle Gorki Klett
von Ossietzky May Leibniz
vom Stein Lawrence Irving
Petalozzi Knigge
Platon Pückler Kafka
Sachs Poe Michelangelo Kock
Liebermann Korolenko
de Sade Praetorius Mistral Zetkin

Der Verlag tredition aus Hamburg veröffentlicht in der Reihe **TREDITION CLASSICS** Werke aus mehr als zwei Jahrtausenden. Diese waren zu einem Großteil vergriffen oder nur noch antiquarisch erhältlich.

Symbolfigur für **TREDITION CLASSICS** ist Johannes Gutenberg (1400 — 1468), der Erfinder des Buchdrucks mit Metalllettern und der Druckerpresse.

Mit der Buchreihe **TREDITION CLASSICS** verfolgt tredition das Ziel, tausende Klassiker der Weltliteratur verschiedener Sprachen wieder als gedruckte Bücher aufzulegen – und das weltweit!

Die Buchreihe dient zur Bewahrung der Literatur und Förderung der Kultur. Sie trägt so dazu bei, dass viele tausend Werke nicht in Vergessenheit geraten.

Zäpfel Kerns Abenteuer

Otto Julius Bierbaum

Impressum

Autor: Otto Julius Bierbaum
Umschlagkonzept: toepferschumann, Berlin

Verlag: tradition GmbH, Hamburg
ISBN: 978-3-8424-0355-0
Printed in Germany

Ziel der TREDITION CLASSICS ist es, tausende deutsch- und
fremdsprachige Klassiker wieder in Buchform verfügbar zu
machen. Die Werke wurden eingescannt und digitalisiert. Dadurch
können etwaige Fehler nicht komplett ausgeschlossen werden.
Unsere Kooperationspartner und wir von tredition versuchen, die
Werke bestmöglich zu bearbeiten. Sollten Sie trotzdem einen Fehler
finden, bitten wir diesen zu entschuldigen. Die Rechtschreibung der
Originalausgabe wurde unverändert übernommen. Daher können
sich hinsichtlich der Schreibweise Widersprüche zu der heutigen
Rechtschreibung ergeben.

Otto Julius Bierbaum

Zäpfel Kerns Abenteuer

Ein Märchen

Der alte Meister Gottlieb, der in seinem Leben schon so viele Tische, Stühle, Schränke, Laden, Kommoden, Bettstellen gemacht hatte, daß man das ganze Schloß des Kaisers damit hätte vollstellen können, saß vor seiner Werkstatt und rauchte seine Pfeife. Denn es war Feierabend, und sein Tagewerk war getan.

Da klopfte es an die Türe, und ein kleines, buckliges Männchen trat herein, das einen langen weißen Bart. und so hellblaue Augen hatte, daß man glauben konnte, es hätte zwei Stücke vorn Himmel im Gesicht. Mit diesen Augen lachte das Männchen gar wunderlich, indem es sprach:

»Du, Meister Pflaume, sieh mal, was ich da habe!«

»Was sollst du denn weiter haben«, antwortete Meister Gottlieb; – »ein Scheit Holz hast du in der Hand. übrigens verbitte ich mir, daß du mich Pflaume nennst. Ich heiße Gottlieb –«

»Na ja doch«, kicherte das Männchen, »ist schon gut. Gottlieb heißt du, aber Meister Pflaume bist du, denn deine Nase ist blau wie eine reife Pflaume. Das kommt wohl vom vielen Hobeln? Hehe!«

»Wovon ich meine rote Nase habe, denn sie ist bloß rot und noch lange nicht blau, geht dich so viel an, wie mich angeht, wovon du deinen Buckel hast«, antwortete der alte Gottlieb. »Aber was willst du denn mit dem Holz?«

»Aus dem sollst du mir ein Tischbein machen, Meister Pflaume. Das heißt: wenn du kannst! Aber ich glaube, du kannst es nicht«, erwiderte das Männchen.

»Was? ich soll kein Tischbein aus dem Stück Tannenholz machen
können?« rief Meister Gottlieb ärgerlich aus; »als ob es das erste
Tischbein wäre, das bei mir bestellt worden ist! Das wäre noch
schöner! Zeig mal her!«

Das Männchen schob ihm das Stück Holz mit einem sonderbaren
Lächeln hin, und Meister Gottlieb betrachtete es aufmerksam. Es
war ein armdickes Stück Tannenholz, etwa von der Höhe eines
kleinen Jungen von fünf Jahren, und Meister Pflaume erkannte
sofort, daß es von einem jungen Tannenstämmchen herrührte. Wo
es oben und unten abgesägt war, quoll gelbes Harz heraus, das
frisch wie Wald roch, und rundherum saß feste braune Rinde.

»Aus dem Stück kann ein Lehrbub ein Tischbein machen«, murmelte der Meister.

»Na, na«, sagte das Männchen, »wenn du dich nur nicht irrst!«

Da wurde Meister Pflaume aber wild und rief: »Potz Hobel und
Sägespän'! In einer Viertelstunde ist das Tischbein fertig, und
wenn's gleich schon Feierabend ist. Du kannst darauf warten.«

Aber das Männchen zog seine langen grauen Brauen hoch, zwin-
kerte dann mit den Augen, wackelte mit seinem großen Kopf hin
und her und sprach: »So viel Zeit habe ich nicht, Meister Pflaume!
Ich muß heute abend noch in den Wald zurück. Meine Kinder erwarten mich. Das da heißt Zäpfel Kern.«

»Was heißt Zäpfel Kern?« fragte erstaunt Meister Gottlieb.

»Das Kind da«, antwortete der Alte.

»Was für ein Kind?«

»Das hölzerne da, aus dem du dir einbildest, ein Tischbein machen zu können.«

Meister Pflaume sah den Alten groß an und schüttelte den Kopf;
dann sprach er: »Ich glaube, du willst mich zum Narren haben!«

»Gott behüte«, sagte das Männchen.

»Oder bist du selber einer?«

»Ein Narr, meinst du?«

»Na ja! Was redest du auch von einem Kind, das gar nicht da ist.«

»Du siehst es bloß nicht.«

»Dummes Zeug. Ein Stück Holz, punktum. In einer Viertelstunde ist es ein Tischbein.«

»Oder auch nicht.«

»Wollen wir wetten?«

»Nein, denn du würdest doch verlieren. Ich will dir lieber sagen, warum das Kind Zäpfel Kern heißt.«

»Unsinn!«

»Wart ab, Meister Pflaume! Es heißt Zäpfel Kern, weil es aus einem Tannenzapfen oder genauer aus einem Kern in einem Tannenzapfen gekommen ist. Aus einem Kern voller L e b e n , Meister Pflaume! Paß nur auf! Du wirst es schon merken! – Und nun leb wohl! Und viel Glück!«

Sprach's und war mit einem Mal verschwunden. Meister Gottlieb starrte auf den Fleck, wo er eben das bucklige Männchen noch hatte stehen sehen, und kratzte sich dann, wie er immer zu tun pflegte, wenn er erstaunt war, unter seiner Perücke, denn vom vielen Hobeln waren ihm die Haare ausgegangen. Dann murmelte er: »Ich glaube, der Alte hat zu viel Wacholderschnaps getrunken.«

Das brachte ihn auf eine Idee. Er ging zu einem Schrank, nahm eine Flasche heraus, setzte sie an den Mund und machte brr! Wischte dann mit dem Handrücken den Mund und sagte zu sich selber: »Nun wollen wir aber doch mal sehen, ob wir noch ein Tischbein machen können!«

Und er nahm seine gut geschaffene Axt in die rechte Hand, hielt mit der linken das Stück Holz vor sich hin und holte aus. Da, was war das? Seine Hand blieb mit der Axt mitten im Hieb in der Luft stehen, denn er hatte deutlich ein dünnes Stimmchen vernommen, das sprach: »Nicht so derb, Meister Pflaume!«

»Nanu?« murmelte er und ließ seine Blicke rings in der Werkstatt herumwandern, »wer hat sich denn hier versteckt?«

Und er stand auf und revidierte. Sah unter die Hobelbank – nichts. Schaute in den Sägespänekorb – niemand. Guckte in den

Schrank – keine Seele. Blickte zur Türe hinaus auf die Straße – kein Mensch.

»Aha!« murmelte er und lachte dazu, »die Stimme kam aus der Wacholderflasche! Ich hab' einen Schluck übern Durst genommen... Aber das Tischbein muß trotzdem heute abend noch fertig werden!«

Und er nahm die Axt und ließ sie auf das Holz niedersausen, daß ein großes Stück Rinde absplitterte.

Kaum daß dies geschehen war, schrie es laut auf: »Au, au! du tust mir aber weh!«

Meister Pflaume ließ Axt und Holz fallen und machte kein sehr gescheites Gesicht. Er fuhr sich mit beiden Händen unter die Perücke, kratzte sich den kahlen Kopf und rief mit bebenden Lippen: »Das... das... das ist doch... das geht doch nicht mit rechten Dingen zu! Wie kommt denn das Stück Holz dazu, au zu schreien? Holz kann zwar weinen, aber doch nur Harz! Hat man es je gehört, daß ein Stück Holz schreit?«

Und er sah das Stück Holz mit weit herausstehenden Augen an; aber das lag nicht anders da als sonst ein Stück Holz: steif, starr, stumm.

Meister Pflaume stieß es mit dem Fuß an und sprach: »He, du! du! Bist du's gewesen? Na?« Das Holz wackelte ein bißchen und lag dann still. Meister Pflaume fuhr sich mit den Fingern in die Ohren und murmelte: »Schäm dich, alter Gottlieb! So alt und noch so dumm! Aber das kommt davon, wenn man noch nach Feierabend arbeitet. Das beste wäre, ich schmisse das Stück in den Ofen und kochte mir eine Suppe davon. – Aber nein, da würde mich der Bucklige auslachen. Also her mit dem Hobel.«

Und er legte das Holz auf eine Hobelbank, setzte den Hobel an und führte ihn mit ruhigen Strichen hin und her. Erst kreischte es nur leise, wie das Holz immer tut, wenn die Hobelspäne sich wie Locken von ihm kräuseln, aber plötzlich klang's wie halb unterdrücktes Kichern: »Nicht doch! Nicht doch! Du kitzelst mich ja am Bauch!«

Das war zuviel für Meister Pflaume. Er ließ den Hobel fallen und setzte sich breit auf die Erde. Sein zahnloser Mund öffnete sich weit, die Zunge streckte sich in höchstem Entsetzen hervor, und seine Nase wurde vor Grausen dunkelblau.

Wie Meister Pflaume so auf dem Erdboden saß und sich wunderte, daß seine Nase noch blauer werden konnte, als sie für gewöhnlich war, klopfte es an die Türe.

Froh, daß ihm jemand Gesellschaft leisten wollte in dieser Dämmerung voll unheimlicher Stimmen, rief Meister Pflaume, ohne sich zu erheben: »Herein!«, und es erschien sein alter Freund Meister Zorntiegel, ein sehr lebhafter alter Mann, der immer große Pläne in seinem Kopf, auf seinem Kopf aber eine gelbe Perücke hatte, von der ihm der Spitzname »Nudelhaar« geworden war, denn wirklich, diese falschen Haare hatten ganz die Farbe von Suppennudeln. Da aber Meister Zorntiegel große Stücke auf seine Perücke hielt und fest davon überzeugt war, daß sie das schönste Kunstwerk aus Haaren sei, das auf der ganzen Welt existierte, versetzte es ihn in die höchste Wut, wenn ihn jemand bei diesem Namen nannte.

Wie er nun seinen alten Freund so auf der Erde sitzen sah, rief er aus: »Guten Abend, Meister Gottlieb! Könnt Ihr bloß Stühle machen, aber auf keinem Stuhl sitzen?«

»Ich sitze, wo ich Lust habe«, antwortete Meister Gottlieb.

»Aber die Ameisen werden Euch in die Hosen kriechen«, entgegnete Meister Zorntiegel.

»Wenigstens stellen sie keine dummen Fragen«, erwiderte Meister Pflaume. »Aber was führt Euch denn heute abend noch zu mir her?«

Und Meister Zorntiegel begann: »Ich habe eine Idee!«

»Die habt Ihr immer.«

»Gott sei Lob und Dank, ja! Aber diese Idee wird machen, daß ich eines Tages auch Geld haben werde.«

»Dann ist es eine gute Idee.«

»Eine ganz ausgezeichnete Idee, lieber Freund. Ich will Theaterdirektor werden.«

»Seid Ihr sicher, daß Ihr dabei Geld verdienen werdet?«

»Vollkommen sicher, alter Gottlieb! Ich will nämlich nicht mit lebendigen Komödianten herumziehen, sondern mit künstlichen.«

»Aha! Die essen nicht, die trinken nicht und verlangen keine Gage. Ihr seid ein Schlaumeier.«

»Nein, ich bin ein Genie.«

»Meinen Segen habt Ihr. Aber was soll ich Euch dann helfen?«

»Hört nur zu! Das erste, was ich brauche und was ich mir fabrizieren will, ist eine Kasperlepuppe, die tanzen, fechten und purzelbaumschlagen kann.«

In diesem Augenblick rief in der Dunkelheit eine Stimme: »Bravo, Meister Nudelhaar!«

Dies hören und mit geballten Fäusten auf Meister Pflaume losgehen, war für Meister Zorntiegel eins.

»Was schimpft Ihr mich?«

»Wer schimpft Euch?«

»Ihr! Ihr habt Meister Nudelhaar gesagt!«

»Ich habe kein Wort gesagt!«

»Dann bin ich es wohl gewesen?«

»Vielleicht.«

»Ihr wart es!

»Nein!«

»Ja!«

»Nein!«

»Ja!«

Und nun fielen sie übereinander her, als wollten sie sich umbringen. Sie balgten sich wie zwei Kater auf dem Dach und kugelten sich ebenso auf dem Fußboden herum. Als sie genug von diesem Vergnügen hatten, fand es sich, daß Meister Pflaume die gelbe Perücke Meister Zorntiegels in der Hand – und Meister Zorntiegel die graue Perücke Meister Pflaumes zwischen den Zähnen hielt.

»Meine Perücke her!« schrie der Mann mit der ausgezeichneten Idee.

»Gib mir meine, wenn du sie nicht ganz aufgefressen hast!« schrie der Tischler.

Darauf wechselten sie gegenseitig die haarigen Siegeszeichen aus, gaben sich die Hand und schwuren einander, von nun an die besten Freunde zu bleiben bis ans Ende ihrer Tage.

Und Meister Pflaume sprach: »Zum Beweis dafür will ich Euch sofort den Gefallen tun, den Ihr von mir haben wollt. Wenn ich nur erst wüßte, welchen!«

Meister Zorntiegel aber erwiderte ganz sanft: »Ich möchte bloß ein Stück Holz von Euch haben zu der Puppe, die ich machen will.«

»Wenn's weiter nichts ist«, sagte der Tischler, »das Stück Holz sollt Ihr gleich haben.« Sprachs's und holte, froh es loszuwerden, das Stück, das ihm so unheimlich mitgespielt hatte, aus der Ecke, wo es jetzt lag.

Wie er es aber dem Freund übergeben wollte, da, merkwürdig, gab sich das einen Schwung und schlug dem armen Meister Zorntiegel mit voller Wucht auf das Schienbein.

Der rieb sich die schmerzende Stelle und schrie: »Sapperlot, sapperlot! Ich wollte was geschenkt und nicht aufs Schienbein haben.«

»Ich habe Euch nichts aufs Schienbein gegeben«, knurrte der Tischler ärgerlich.

Das brachte den zornmütigen Zorntiegel gleich wieder außer sich, und er rief: »Also habe ich mich wohl selber zu meinem Vergnügen aufs Schienbein gehauen?«

»Das Holz war's«, erklärte Meister Pflaume.

»Natürlich war's keine Wurst«, entgegnete Meister Nudelhaar, »aber das Holz war in Eurer Hand!«

»Es ist mir ausgerutscht.«

»Geschlagen habt Ihr mich!«

»Ist mir nicht eingefallen.«

»Doch!«

»Nein!«

»Doch!«

»Nein!«

»Ihr seid ein Lügner!«

»Und Ihr seid Meister Nudelhaar!«

»Pflaume!«

»Nudelhaar!«

»Pflaume!«

»Nudelhaar!«

»Wacholderflasche!«

»Nudelhaar!«

Viermal dieses Wort anzuhören ging über Zornriegels Kraft. Es wurde ihm rot vor den Augen, und er ging zum zweiten Mal mit geballten Fäusten auf den Tischler los, der seinerseits auch nicht mit Glacéhandschuhen zugriff. Kurz, sie wiederholten das Schauspiel der entzweiten Kater auf dem Dach und walkten einander weidlich durch, was zur Folge hatte, daß, wie ihre Kräfte nachließen, jeder ein kleines Andenken an die zweite Meinungsverschiedenheit sein eigen nennen konnte. Meister Pflaume wies ein paar rote Kratzer auf seiner blauen Nase auf, und Meister Zorntiegel besaß nun eine Weste, der zwei Knöpfe fehlten.

Da somit jeder auf seine Kosten gekommen war, gaben sie sich die Hände und schwuren einander, gute Freunde zu bleiben bis ans Ende ihrer Tage.

Darauf nahm Meister Nudelhaar sein Stück Holz untern Arm, sagte: »Schönen Dank für alles« und ging befriedigt, wenn auch etwas hinkend, nach Haus.

Sehr reich sah es in seiner Stube nicht aus. Sie hatte schiefe Wände und ein einziges kleines Dachfenster. Ein wackliger alter Tisch stand in der Mitte – und darauf eine kleine Öllampe. Wie Meister Zorntiegel die angezündet hatte, konnte man noch ein schmales Bett erblicken, einen Stuhl, einen Waschtisch und ein Regal, auf dem allerhand Messer zum Schnitzen, ein paar Leimtöpfe und bunte

Puppenkleider lagen. Ferner schien auch noch ein Ofen da zu sein, der, obgleich es schon Mai war, vor Hitze glühte. Es sah aber bloß so aus. Denn der glühende Ofen war mit bunten Farben an die Wand gemalt, genauso wie der dampfende Suppentopf, der auf ihm stand.

Woraus man deutlich ersehen kann, daß Zorntiegel wirklich ein Künstler und ein Genie war.

Zorntiegel trat an den gemalten Ofen heran und hielt seine etwas kaltgewordenen Hände darüber.

»Das tut gut«, sprach er, »wenn man ein bißchen friert. Wenn man Phantasie hat, braucht man keine Kohlen.«

Dann holte er sein Schnitzmesser, hob den Stuhl an den Tisch, setzte sich darauf und nahm das Stück Holz vor.

»Zuerst muß das Kind einen Namen haben«, murmelte er. »Ich muß doch wissen, wen ich mache!... Soll ich ihn Zorntiegel junior nennen?«

»Da muß ich doch schön bitten«, rief ein dünnes Stimmchen, »ich heiße Zäpfel Kern!«

Wie das Zorntiegel hörte, erschrak er nicht etwa, wie Meister Pflaume bei gleicher Gelegenheit getan hatte, denn Zorntiegel wunderte sich um so weniger über eine Sache, je verwunderlicher sie war, sondern er sagte ganz einfach: »Du hast also schon einen Namen? Um so besser! Dann brauche ich mir darüber nicht erst den Kopf zu zerbrechen! Also Zäpfel Kern? Famos! Zäpfel ist so etwas wie Hänsel oder Fränzel; und Kern, – Kern, das klingt ganz hübsch und dauerhaft. Dafür will ich dir aber auch ein wunderschönes Köpfel schnitzen, mein liebes Zäpfel. Ein reizendes Zäpfel-Köpfel. Hehehehe!« Und fing an und schnitzte. Erst wars nur eine runde Kugel, dann grub er Locken hinein, dann glättete er einen schönen breiten Stirnbogen ab, dann brachte er darunter eirunde, geräumige Höhlen für die Augen an.

Kaum war dies geschehen, da waren aber auch schon, Gott weiß woher, ein paar blanke blaue Augen da, die ihn ganz impertinent anglotzten.

Zorntiegel fand das gar nicht artig und sprach: »Sieht man seinen Papa so unverschämt an, he?«

Aber es erfolgte keine Antwort.

Daher hielt sich der geschickte Künstler nicht weiter bei den Augen auf, sondern begann, die Nase herauszuschnitzen.

Da begab sich aber etwas Sonderbares, das jeden andern in das höchste Erstaunen versetzt haben würde, nur nicht diesen genialen Zorntiegel. Nämlich: je mehr er an der Nase herumschnitzte, desto länger wurde sie.

»Was ist denn das, Zäpfel«, rief der Meister aus, »ich wünsche, daß du eine anständige und runde kleine Stumpfnase kriegst, und es wächst dir ein Zinken aus dem Antlitz, wie er frecher und länger nicht gedacht werden kann. Auf diese Weise wirst du nie so schön wie dein Papa.«

Aber die Nase kümmerte sich gar nicht um diese Einwendungen, sondern wuchs und wuchs, und wie sie lange genug gewachsen war, krümmte sie sich nach unten und stand dann fest als richtige Kasperlenase.

»Auch gut«, meinte Zorntiegel, »ganz wie es Euch beliebt, Euer Wohl-, Lang- und Krumm-Geboren. Ich mach' mich jetzt an den Mund.«

Und er setzte das Messer in die Quere an und machte einen manierlichen, nicht zu langen Einschnitt, – aber ritsch-ratsch! fuhr der Einschnitt rechts und links auseinander, öffnete sich weit und lachte, lachte, lachte!

»Was sind denn das wieder für Manieren«, schrie der Mann mit der gelben Perücke; »wirst du gleich mit dem ungezogenen Gemecker aufhören?«

»Hehehe!« lachte der Mund.

»Mach die Klappe zu!« rief Zorntiegel.

»Hahaha!« lachte der Mund.

»Ruhe!« rief Zorntiegel.

»Hohoho« lachte der Mund.

»Anstand!« gebot Zorntiegel.

»Hihihi!« lachte der Mund.

»Schweig, oder ich stopf' dir meine Perücke in den Schlund!« brüllte Zorntiegel.

Das half. Der Mund hörte mit Lachen auf, streckte dafür aber seine Zunge so weit heraus, wie es nur irgend möglich war.

Meister Zorntiegel hielt es für das beste, diese neue Ungezogenheit vornehm zu übersehen, und setzte seine Arbeit fort.

Er schnitzte kunstvoll ein kräftiges, scharf nach vorn herausstehendes Kinn, das mit der großen Nase vortrefflich harmonierte, fügte einen runden, starken Hals hinzu, von dem aus er ein paar breite, etwas eckige Schultern ausgehen ließ, setzte einen schönen, breiten Brustkorb darunter, vergaß auch nicht ein hübsches, weder zu dickes noch zu dünnes Spitzbäuchlein, und setzte dann, mit kunstreichen Gelenken und Fingern, Arme und Hände an.

Wie er dies getan hatte, wandte er sich um, weil er ein anderes Werkzeug von seinem Regal holen wollte, aber da fühlte er es plötzlich auf seinem Kopf kalt werden und sah, als er sich umdrehte, seine Perücke in den eben erst fertiggewordenen Händen der frechen Figur.

Das versetzte ihn in einen großen Zorn, und er rief: »Wirst du mir gleich meine Perücke wiedergeben, du ganz frecher Bube, der schon ungeraten ist, ehe ich ihn noch ganz fertiggemacht habe!«

Diese Worte machten indes gar keinen Eindruck auf die Figur, die auf dem Tisch saß, als wollte sie mit den Beinen baumeln, die sie noch gar nicht hatte. Statt die Perücke herzugeben, setzte sie sich diese auf den Kopf und kicherte höchst spöttisch unter dem Haargebäude, das sie völlig versteckte.

Diese neue Frechheit stimmte den kunstfertigen Zorntiegel ganz traurig.

»Ach, du lieber Gott«, seufzte er, »was werde ich von dieser schrecklichen Figur noch alles auszustehen haben, die selbst im beinlosen Zustand nicht einmal vor meiner Perücke Respekt hat. Ich muß irgendeinen Fehler gemacht haben. Vielleicht hätte ich doch nicht wünschen sollen, daß sie ganz wie ein Mensch wird. Ach, ach, ach, ich fürchte, ich fürchte: ich habe eine Dummheit gemacht!«

Und er setzte sich ganz betrübt auf seinen Stuhl. Da klang es ganz sanft unter der Perücke hervor: »Unsinn! Setz deine Suppennudeln auf und mach mir Beine.«

Das ließ sich Meister Zorntiegel nicht zweimal sagen. Kaum aber hatte er der Figur Beine und Füße angesetzt, so fing die auch schon so unverschämt an zu strampeln, daß ihr Erzeuger mehr als einmal das Gefühl von Fußtritten verspürte.

»Dazu sind die Füße nicht da«, sagte Zorntiegel, »sondern zum Gehen.«

»Was ist denn das?« fragte Zäpfel Kern neugierig.

»Das sollst du gleich lernen«, antwortete der Meister, hob ihn vom Tisch auf die Erde, nahm ihn an der Hand und kommandierte:

»Rechts! Links! Rechts! Links! Rechts! Links!« und marschierte mit Zäpfel Kern in der Stube auf und ab. Anfangs ging es nur langsam, zögernd und steifbeinig, aber bald war Zäpfel Kern Herr über seine Gelenke und kommandierte selber:

> »Rechten! Linken! Rechten! Linken!
> Speck und Schinken! Speck und Schinken!
> Linken! Rechten! Linken! Rechten!
> Finken! Spechten! Finken! Spechten!
> Hin und her, herum, heraus!
> Durch die Türe aus dem Haus!«

Bei diesem Wort stieß er die Türe auf und lief klapp, klapp, tippel, tapp die Treppe hinunter und an dem Bäckerjungen vorbei, der eben die Frühstückssemmel gebracht hatte, auf die Straße, die im hellen Morgenlicht dalag, hinaus, denn es war mittlerweile Tag geworden. Seine hölzernen Füße klapperten auf dem Straßenpflaster wie zwanzig Paar kleine Holzpantoffeln.

»Haltet ihn fest! Haltet ihn fest!« schrie Meister Zorntiegel, indem er atemlos hinter ihm herlief.

Aber die wenigen Leute, die in so früher Morgenstunde auf der Straße waren, dachten gar nicht daran vor lauter Erstaunen, ein leibhaftiges Kasperle an sich vorbeirennen zu sehen. Und weil man ja über ein Kasperle immer lacht, so lachten sie schließlich, statt daß sie ihn festhielten.

Also wäre Zäpfel Kern wahrscheinlich entwischt, wenn sich nicht ein Schutzmann am Ende der Straße breitbeinig auf dem Fahrdamm aufgepflanzt hätte, meinend, es sei ein Pferd durchgegangen, und tapfer entschlossen, es aufzuhalten, wie es seine Pflicht war.

Wie Zäpfel Kern den Schutzmann gleich einem Turm mit weitem Torbogen vor sich sah, dachte er sich. »Schön von dir, daß du deine Beine so breit auseinandergestellt hast! Dadrunter komm ich zehnmal durch.«

Aber Schrecken!...

Der Schutzmann, ohne sich von der Stelle zu rühren, bückte sich einfach, wie Zäpfel Kern durchwischen wollte, und packte ihn ebenso höflich wie sicher an seiner langen Nase, die wie für die

Hand des Gesetzes geschaffen zu sein schien, und überlieferte ihn trotz seines Gestrampels dem nun mittlerweile auch herbeigekommenen Zorntiegel, der seinen Namen noch nie so in der Tat geführt hatte wie eben jetzt.

»Warte, mein Junge!« rief der empörte Meister. »Dir werde ich fürs erste die Ohren etwas langziehen.«

Aber siehe da! Als er diese sehr begreifliche Absicht ausführen wollte, stellte es sich heraus, daß er bei all seiner Genialität vergessen hatte, seiner Kasperlefigur Ohren anzusetzen. Blieb ihm also nichts weiter übrig, als Zäpfel Kern am Nacken zu packen und ihn so vor sich herzuschieben.

Dabei sprach er: »Aufgeschoben ist nicht aufgehoben, du Galgenstrick! Ich werde dir jetzt eigens zu dem Zweck zwei Ohren fabrizieren, daß ich dich daran ziehen kann.«

Diese Aussicht mißfiel Zäpfel Kern aufs höchste, und so dachte er auf Mittel und Wege ihr auszuweichen. Es fiel ihm aber nichts Besseres ein, als sich plötzlich lang auf die Erde zu werfen mit der Miene eines Menschen, der fest entschlossen ist, sich von keiner Macht der Welt wieder auf die Beine bringen zu lassen.

Natürlich lockte dieser Umstand eine Menge Neugieriger herbei, und da es meistens Müßiggänger waren, die immer und überall keinen anderen Beruf haben als ungefragt ihre Meinungen zu sagen, so fehlte es nicht an allerhand müßigen Äußerungen.

»Das arme Kasperle«, sagte der eine, »wie ängstlich es aussieht!« »Das arme Wurm wird gewiß zu Hause immer mißhandelt«, meinte ein anderer.

»«Man braucht bloß den Kerl in der gelben Perücke anzusehen, um sich vorstellen zu können, wie er das hilflose Wesen prügeln wird«, fügte ein dritter hinzu.

»Er hat ganz das Ansehen eines Wüterichs«, behauptete ein vierter.

»Er wird den armen Knirps ermorden!« rief ein fünfter.

»Das darf man nie und nimmer zulassen!« schrie ein sechster.

»Ist denn keine Polizei da!« kreischte eine dicke Milchfrau.

Und da kam auch schon der Schutzmann und entschloß sich unter dem Einfluß von hundert lärmenden und mit den Armen in der Luft herumfuchtelnden Frauen und Männern zu einer angemessenen Amtshandlung. Er packte Meister Zorntiegel am Arm und erklärte ihn unter dem Beifall der Volksmenge als seinen Gefangenen wegen Erregung eines Straßenauflaufs. Zäpfel Kern aber sprang munter auf und lief davon, so schnell ihn seine Beine tragen konnten.

Für soeben erst fertiggewordene Beine aus Holz trugen sie ihn schnell genug, das muß man sagen. Ehe sich's Zäpfel Kern versah, war er schon draußen vor der Stadt, und dort ging, es erst recht im Galopp dahin. Das unverschämte Kasperle rannte, indem es mit den Armen schlenkerte, dermaßen schnell, daß die Hasen, die im Felde hockten, sich auf die Hinterbeine setzten und mit den Vorderfüßen auf ihren weißen Bäuchen trommelten, was bei ihnen soviel heißt wie Bravo. Ein Ziegenbock, der es mit ansah, wie Zäpfel Kern über eine blühende Weißdornhecke sprang, konnte sich nicht enthalten, seiner Frau Ziege zuzumeckern: »Mecker, mecker, merkwürdig! Ecker – ecker sprecker – sprecker hecker – hecker«, was auf deutsch heißt: Er springt über die Hecke! Aber ein alter Rabe, der auf einem blühenden Kirschbaume saß, ließ sich dadurch nicht imponieren, sondern machte die vollkommen richtige Bemerkung: »Man muß nicht bloß laufen, sondern auch wissen, wohin man läuft.«

Wußte das aber Zäpfel Kern? Nein, er wußte es nicht. Er hatte nur ein ganz unbestimmtes Gefühl in sich, daß er an einen Ort wollte, wo es grün und schattig wäre und harzig röche. Drum summte er im Laufen vor sich hin:

> »Ich renne, renne, renne,
> Doch weiß ich nicht wohin,
> Ich kenne, kenne, kenne
> Nicht meines Rennens Sinn.

> »Ich träume, träume, träume:
> Es muß ein Ort wo sein,
> Wo Bäume, Bäume, Bäume,
> Dicht stehn in langen Reih'n.

Die kenn' ich, kenn' ich, kenn' ich,
Die hohen Bäume grün,
Drum renn' ich, renn' ich, renn' ich
So grad und schnell und kühn.«

Und da war er auch schon mitten im hohen, dunklen, schweigenden Tannenwald und umarmte eine alte riesige Tanne, von der graue Flechtenbärte herunterhingen, und um die her ein bittersüßer Duft von Harz war.

»Vater!« rief Zäpfel Kern, »Vater, da bin ich!« Und da stand auf einmal anstatt der Tanne das alte bucklige Männchen da, dessen Bart genau so aussah wie eine Tannenflechte, und sprach: »Ei, du Tunichgut! Habe ich dich deshalb zu Meister Pflaume gebracht, daß du gleich durchbrennen sollst?«

»Aber das ist doch hier meine Heimat«, sagte Zäpfel Kern.

»Ja doch«, sprach der Alte, »aber du hast keine Wurzeln mehr, sondern Beine und bist, wenn auch kein richtiger Mensch, so doch das Bild eines Menschleins geworden. Aus dem Wald habe ich dich, in die Welt getragen, und dort sollst du dein Leben führen und nicht hier. Du sollst den Menschen zeigen, daß nicht bloß sie allein Leben haben, und besonders die Menschenkinder sollen von dir lernen, indem sie über dich lachen.«

»Aber ich mag nicht!« schrie Zäpfel Kern und trampelte trotzig auf denn Moos herum.

»Siehst du wohl«, sagte darauf ruhig der Alte, »daß du kein Baum mehr bist? Denn die Bäume sind nicht trotzig. – Es hilft dir aber alles Trampeln nichts: mach, daß du fortkommst!

Eins, zwei, drei und hopp!
Lauf nach Hause im Galopp!«

Kaum hatte Zäpfel Kern das vernommen, da setzte er sich, ohne es eigentlich zu wollen, auch schon in Trab und lief nach der Stadt zurück, wo er bald Meister Zorntiegels Haus fand und die Treppen hinauf und ins Zimmer hineinlief.

Dort überkam ihn sogleich ein wohliges Gefühl. Er fühlte sich geborgen und zu Hause und legte sich der Länge lang auf den Fußboden hin, Arme und Beine weit von sich gestreckt. Den Wald hatte er vergessen, er fühlte sich ganz wie ein Menschenkind...

Doch war ihm vom Wald geblieben, was Menschenkindern nicht eigen ist: er verstand die Stimmen der Tiere. Das sollte sich gleich zeigen. Nämlich: plötzlich hörte er etwas über sich, das klang sum – sum – sum. Aber Zäpfel Kern antwortete: »Ein Maikäfer«.

»Ja, aber kein gewöhnlicher. Ich bin ein gelehrter Maikäfer, der Professor Doktor Maikäfer.«

»Das ist mir ganz egal.«

»Schlimm genug! Vor gelehrten und erfahrenen Leuten sollen Kinder Respekt haben.«

»Morgen! Heute nicht! Heute bin ich müde.«

»Nein! Heute! Denn ich will dir heute sagen, was ich dir sagen muß!«

»Du bist ein langweiliger Maikäfer.«

»Und du ein frecher, ganz frecher Bursche. Weißt du, wie's Kindern geht, die ihren Eltern nicht folgen, die ihrem Meister davonlaufen?«

»Lustig geht's ihnen! Sie brauchen nicht in die Schule zu gehen und können alle Tage Schmetterlinge fangen, auf Bäume klettern und mit den Tieren im Wald spielen.«

»Ja, um schließlich, wenn sie groß geworden sind, dumm wie Tiere zu sein, aber zu viel weniger nütze als sie.«

»Das ist mir ganz egal.«

»Du mußt aber doch irgend etwas lernen?«

»Fällt mir gar nicht ein, kann schon genug.«

»Was denn?«

»Essen, trinken, schlafen, Dummheiten machen und wundervoll faulenzen.«

»So! Das ist eine schöne Kunst! Man sieht doch, daß du kein richtiger Mensch bist, du fauler Holzkopf.«

»Was sagst du, was ich bin?«

»Ein Holzkopf.«

»Wirst du das zurücknehmen?«

»Nein, denn du bist einer.«

»Aber ich will's nicht hören!«

»Die Wahrheit muß man immer hören wollen, und ich, Professor Doktor Maikäfer, werde sie jedenfalls immer sagen.«

»Auch dann, wenn ich dir den Hammer da an den Kopf werfe?«

»Untersteh' dich nur!«

»Das wirst du gleich sehen.«

Und Zäpfel Kern ergriff einen kleinen Hammer, der neben ihm lag, und warf ihn nach dem Maikäfer.

Er hatte nur zu gut gezielt. Von dem gelehrten Maikäfer blieb nichts an der Wand als ein grünlich-brauner Fleck.

Nun wurde es allmählich Abend, und Zäpfel Kerns Magen drückte deutlich die Ansicht aus, daß es jetzt Zeit zum Abendbrot wäre. Als er trotz dieser deutlichen Äußerung nichts bekam, wiederholte er seine Meinung in Form eines tüchtigen Appetits, und als auch das nichts half, fing der Magen an zu knurren. Erst wie ein Hund, dann wie ein Wolf, dann wie ein Löwe. Kurz: Zäpfel Kern merkte, daß das Sprichwort »Hunger tut weh« nicht lügt.

Das arme Kasperle warf sich auf das Bett., und krümmte sich zusammen und weinte und heulte und jammerte und schrie: »Au, au, au! Oi, oi, oi! Ih, ih, ih! Wenn ich doch dem lieben Meister Zorntiegel nicht davongelaufen wäre! O ich Dummkopf! O ich schlechtes Kasperle! Lieber, guter, einziger Herr Professor Doktor Maikäfer! Werden Sie doch wieder lebendig!«

Aber der grünlich-braune Fleck an der Wand rührte und regte sich nicht.

Nachdem Meister Zorntiegel aus dem Gefängnis entlassen worden war, machte er für Zäpfel Kern lustige Papierkleider und verkaufte seinen einzigen Rock; denn Zäpfel sollte zur Schule gehen und brauchte dazu ein neues ABC-Buch. Als dieser auf dem Weg zur Schule jedoch das bunte Theaterzelt des Meisters Fürchterlich erblickte, war's aus mit den guten Vorsätzen. Für das Eintrittsgeld gab er das so teuer erworbene ABC-Buch achtlos fort, wurde von Meister Fürchterlichs Puppen begeistert empfangen, und während der Direktor über die Konkurrenz des Meisters Zorntiegel zunächst böse war, übergab er Zäpfel Kern dann 100 Mark: dafür sollte Zorntiegel ihm Puppen machen. Aus lauter Freude schlug Zäpfel einen falschen Weg ein: statt zu Meister Zorntiegel lief er aus der Stadt heraus.

Gerade wie er das merkte und umkehren wollte, sah er zwei Gestalten auf sich zukommen – einen Fuchs, der, so schien es, auf einem Bein lahm war, und eine Katze, die die Augen geschlossen hatte.

»Grüß Gott, Herr Zäpfel!« sagte der Fuchs.

»Grüß Gott!« sagte Zipfel Kern, »aber woher kennst du mich denn?«

»Wer sollte den berühmten Zäpfel Kern nicht kennen?« miaute die Katze schmeichlerisch.

»Und wir sind ja aus demselben Wald«, fügte der Fuchs hinzu. »Wir sind Landsleute.«

»Und ich wohne auf demselben Dach, unter welchem dein Papa wohnt«, sagte die Katze.

»Ach!« rief Zäpfel aus, »dann hast du vielleicht gestern meinen Papa gesehen?«

»Freilich« antwortete die Katze, »er guckte in Hemdsärmeln zum Fenster heraus und zitterte vor Kälte.«

»Der arme Papa! Aber er wird bald nicht mehr frieren.«

»Wieso denn?«, fragte die Katze.

»Weil ich ein reicher Herr geworden bin.«

»Was für'n Ding?« sagte der Fuchs und lachte unverschämt dazu, während die Katze sich wenigstens Mühe gab, ihr Lachen hinter einer vorgehaltenen Pfote zu verbergen.

Zäpfel Kern entgegnete beleidigt: »Da gibt's gar nichts zu lachen, Frau Kneifaug und Herr Hinkepink! In dieser Tasche da sind 100 Mark.« Und er ließ die fünf Goldstücke klimpern.

Dieses Konzert brachte eine merkwürdige Wirkung hervor.

Der Fuchs zuckte wie zum Zupacken mit den Vorderfüßen nach vorn, und zwar ohne jede Anstrengung auch mit dem, den er sonst als lahm, krumm und wie leblos hängen ließ, und die Katze riß, von wilder Gier getrieben, die sonst festgeschlossenen Augen auf, die nun wie zwei grüne Kutschlaternenlichter sichtbar wurden. Aber alles das dauerte nur einen Augenblick, so daß Zäpfel Kern es nicht gewahr wurde, und gleich darauf lahmte wieder der Fuchs, schien wieder blind die Katze.

Und der Fuchs sprach mit süßem Ton: »Wie haben Sie nur meinen können, mein lieber Herr Zäpfel Kern, daß wir Sie auslachen könnten? Eine solche Unart liegt unserem Wesen ganz fern, und besonders Ihnen gegenüber, den ich als Landsmann aufrichtig schätze.«

»Und ich als Nachbarin«, fügte die Katze hinzu.

»Wie Sie uns hier sehen«, fuhr der Fuchs fort, »sind wir zwei Leute, die es sich zur Aufgabe gestellt haben, unsern Mitgeschöpfen soviel Gutes, wie nur möglich ist, zu erweisen. Für uns selbst aber haben wir gar keine Wünsche. Ich, wie Sie sehen, bin lahm, und meine Freundin ist blind. Was sollen zwei so arme Wesen noch vom Leben wollen? Übrigens habe ich ganz vergessen, uns vorzustellen. Zuerst natürlich die Dame, meine ausgezeichnete Stütze und Helferin, Frau Miaula Mietsinsky, Gräfin auf und zu Dachhausen, die sich aber nur kurz Madame Miaula nennen läßt, weil ihre Vermögensumstände leider ihrem alten Adel nicht entsprechen. Sie ist Mutter von 97 Kindern, blind, arm und ehrlich.«

Während der Fuchs diese Mitteilungen machte, knickste Madame Miaula äußerst graziös, indem sie dazu mit den Hinterpfoten kratzte und den Schwanz so anmutig ringelte, daß man die Spitze davon hätte als Kleiderhaken benutzen können.

Der Fuchs aber, nun seinerseits eine tadellose Verbeugung machend, indem er sich auf die Vorderfüße niederließ und den roten Schweif demütig zwischen die Hinterbeine nahm, fuhr fort: »Was mich betrifft, so bin ich auch von altem Adel und mein Name ist Alopex Opex Pix Pax Pox Pux Fuchs Freiherr von Gänseklein auf Hühnersteig. Da aber auch ich in zurückgekommenen Vermögensverhältnissen lebe, genügt es durchaus, wenn Sie mich mit dem ersten meiner sechs Vornamen Alopex nennen. Daß ich ein Biedermann bin, sehen Sie mir wohl an. Mein größter Fehler ist meine Gutmütigkeit und eine an Narrheit grenzende Leidenschaft, anderen Leuten zu dienen, ohne selbst etwas davon zu haben.«

Glücklich, die Bekanntschaft zweier so vornehmer Leute und edler Charaktere gemacht zu haben, vollführte nun seinerseits Zäpfel Kern eine höfliche Verbeugung, indem er sein Zuckertütenhütchen gar zierlich schwenkte, und sprach: »Da Sie mich schon kennen, so brauche ich mich Ihnen nicht erst vorzustellen, doch möchte ich Ihre Offenheit über Ihre Vermögensverhältnisse mit der gleichen über die meines Papas vergelten. Auch er ist leider ein armer Mann, und wenn er, als er zum Fenster hinaussah, keinen Rock anhatte, so entsprang dies nicht einer Laune, sondern dem Umstand, daß er keinen besitzt. Ich aber, wie Sie bereits wissen, bin im Besitz eines kleinen Kapitals, und das werde ich heute noch dazu verwenden, ihm einen Rock aus Gold und Silber zu kaufen, mit Edelsteinen als Knöpfen daran.«

»Hm?« machte der Fuchs.

»Äh?« machte die Katze.

»Ja, und sodann werde ich mir ein ABC-Buch kaufen, um mich dem Studium zu widmen.«

»Armer junger Mann!« rief der Fuchs aus, »das werden Sie bitter zu bereuen haben! Sehen Sie mich an und lassen Sie sich mein trauriges Schicksal zur Warnung dienen! Auch ich war von feuriger Liebe zum Studium erfüllt, und was war die Folge? Ich habe mich lahm studiert!«

»Und mir«, fügte die Katze hinzu, »ist das Studium nicht besser bekommen. Ich bin blind davon geworden.«

Eben wollte Zäpfel Kern fragen: »Wieso denn? Wie kann das denn sein?«, da sang eine Goldamsel, die auf einer Hecke saß:

> »Zäpfel, Zäpfel, hüte dich!
> Glaube ja den zweien nicht!
> Jeder ist ein Bösewicht!«

Kaum aber daß die Amsel diese Warnung gesungen hatte, machte die Katze einen Satz, erwischte sie am Schwanz, biß ihr das Genick durch und fraß sie auf.

Dann putzte sie sich säuberlich das Maul, leckte noch den Schnurrbart ab und sagte: »Es geht doch nichts über eine fette Amsel!«

Zäpfel aber, ärgerlich über diese Roheit, sagte. »Madame Miaula, ich finde das nicht sehr weiblich, was Sie eben getan haben!«

Die Gräfin auf und zu Dachhausen aber antwortete heuchlerisch: »Gott weiß, wie ungern ich diese schwere Pflicht erfüllt habe, aber ich mußte diesem vorwitzigen Wesen eine Lehre erteilen. Diese Vögel glauben wahrhaftig, sie dürfen ihre Schnäbel in alles stecken.«

»Und überdies war diese fette Amsel eine gemeine Verleumderin«, fügte der Baron mit den sechs Vornamen hinzu. »Aus lauter Ekel darüber habe ich mich nicht an der Mahlzeit beteiligt.« Bei diesen Worten sah er Frau Miaula böse an. »Damit Sie, mein junger Freund, aber einen Beweis erhalten für das uneigennützige Interesse, das ich an Ihnen nehme, will ich Ihnen einen Rat erteilen, wie Sie aus Ihren hundert Mark tausend, zehn-, ja hunderttausend Mark machen können.«

»Dafür wäre ich Ihnen wirklich sehr verbunden«, sagte Zäpfel und spitzte die Ohren voller Neugierde. »Was muß ich denn dazu tun?«

»Daß Sie, statt nach Hause, mit uns gehen«, erwiderte der Fuchs.

»Und wohin?«

»Ins Schlaraffenland«, antwortete der Fuchs.

»Oh, da ist's fein!« lispelte die Katze.

Zäpfel Kern überlegte ein Weilchen, dann gab er sich einen Ruck und sagte: »Nein! Es geht nicht! Ich muß nach Hause. Das Geld gehört ja doch meinem Papa! Und ich hab' versprochen, brav zu sein, und ich will brav sein und nichts als lernen, lernen, lernen, und wenn ich gleich lahm und blind davon werde!«

»Wie du willst«, sagte der Fuchs. »Wenn dir hundert Mark lieber sind als tausend...?«

»Und zehntausend...?« sagte die Katze.

»Und hunderttausend...?« sagte der Fuchs.

Bei jeder dieser Zahlen hatte Zäpfel Kern das Gefühl, als gebe ihm jemand einen kleinen Stoß, einen freundschaftlichen Rippenstoß, der da bedeutete: So geh doch! Vor dir liegt alles, was du haben willst! Sei nicht dumm! Geh! Mach!

Und Zäpfel Kern fragte: »Wie geht das denn aber zu mit dem Geld?«

»Sehr einfach«, antwortete der Fuchs, und seine grauen Augen kriegten einen rötlichen Schein. »Sehr einfach! Im Schlaraffenland ist ein Feld, das mit guten Vorsitzen gedüngt ist. Wenn du dort deine fünf Zwanzigmarkstücke in die Erde steckst, wie der Gärtner mit Kernen tut, woraus Bäume werden sollen, und gießest eine Handvoll Wasser auf jedes Stück und tust dann Erde darüber, und auf die Erde streust du Salz und sagst dazu, indem du mit dem Kopf wackelst:

> Erde und Salz!
> Wasser und Schmalz!
> Pinkus!
> Gold und Quark!
> Hunderttausend Mark!
> Pinkus!

dann kannst du ruhig ins Bett gehen und schlafen, und am nächsten Morgen ist aus jedem Zwanzigmarkstück ein Baum gewachsen, hoch, breit wie ein alter Walnußbaum, und an dem Baum hängen tausend und tausend Nüsse, und in jeder Nuß ist ein Zwanzigmarkstück. Du brauchst bloß zu schütteln, und sie fallen herunter.«

»Wobei du dich nur zu hüten hast«, bemerkte die Katze, »daß sie dir nicht etwa auf den Kopf fallen, denn das gibt Löcher.«

»Und du mußt natürlich für Säcke sorgen, in die du die Zwanzigmarkstücknüsse steckst«, fügte der Fuchs hinzu.

»Und für Wagen, die Säcke draufzuladen«, sagte die Katze.

»Und für Ochsen, die Wagen zu ziehen«, sagte der Fuchs.

»Denn hunderttausend Mark sind ein schweres Stück Geld«, sagten beide zugleich.

Unserm Kasperle wurde schwindlig in seinem Kopf aus Tannenholz. Er sah Wagen auf Wagen von Gold hintereinander herfahren, einen unabsehbaren Zug, und die Ochsen keuchten, und die Kutscher knallten mit den Peitschen, und auf dem dicksten Geldsack saß er selber und schrie: »Hü! hü! hü! Nach Hause! Nach Hause! Mit hunderttausend Mark!« –

Und er rief: »Führt mich ins Schlaraffenland! Schnell! schnell! schnell!«

Also: sie gingen. Rechts der Fuchs, links die Katze, in der Mitte Zäpfel Kern. Die Gegend war wüst und leer; kein Haus, keine Hütte – nichts.

»Ich finde die Landschaft nicht sehr anmutig«, bemerkte Zäpfel.

»Um so schöner ist's im Schlaraffenland«, tröstete der Fuchs.

»Wo die schönen Zwanzigmarknußbäume gedeihen«, miaute die Katze.

»Werden wir noch vor Abend dort sein?« fragte das Kasperle.

»Das ist unmöglich«, antwortete der rote Baron, »wir müssen vorher einkehren, uns etwas zu erfrischen.«

»Wir kennen ein ausgezeichnetes Wirtshaus in der Gegend, wo wir schon oft eingekehrt sind«, fügte Madame Miaula hinzu, »es heißt: ›Zum gespickten Heupferd‹. Man speist ausgezeichnet dort, wie schon der Name andeutet.«

»Und auch die Betten sind gut«, sagte der Fuchs.

»Wollen wir denn da übernachten?« fragte Zäpfel, der am liebsten ohne Pause ins Schlaraffenland gewandert wäre.

»Freilich«, antwortete die Katze, »sonst sind wir müde, wenn wir im Schlaraffenland ankommen, und Sie haben ja eine Arbeit vor sich.«

Gegen Abend kamen sie richtig an das Wirtshaus, das ein gespicktes Heupferd im Schild führte.

Nach einem reichlichen Mahl wurde Zäpfel um Mitternacht vom Hausknecht geweckt. Seine Gefährten hatten ihn wegen angeblich dringender Geschäfte verlassen, so bezahlte er die gesalzene Rechnung und machte sich auf – durch den finsteren Wald – nach dem Feld der guten Vorsätze.

Plötzlich raschelte es hinter ihm im Gebüsch, Zäpfel fuhr schlotternd zusammen, drehte sich um und gewahrte trotz der Dunkelheit zwei Figuren, die noch schwärzer waren als die Nacht. Die Angst gab seinen Augen Kraft, die Finsternis zu durchdringen, und er sah, daß es zwei in Kohlensäcke vermummte Gestalten waren, die sich die Gesichter schwarz angestrichen hatten. Schlau, wie Zäpfel war, brachte er zuerst seine ihm übriggebliebenen zwei Zwanzigmarkstücke in Sicherheit: unter die Zunge. Dann setzte er zu einem Seitensprung ins Gebüsch an, um zu entfliehen.

Zu spät! Er fühlte sich an einem Arm gepackt und hörte zwei furchtbare Stimmen dicht an seinem Ohr: »Das Geld oder das Leben!«

Da Zäpfel Kern wegen der beiden Goldstücke unter der Zunge nicht redete konnte, kehrte er seine Hosentaschen um, um zu zeigen, daß er kein Geld hätte.

Die beiden Räuber aber riefen: »Wird's bald!? Wo hast du das Geld?«

Zäpfel fuhr mit den Armen in der Luft herum, zuckte mit den Achseln, schüttelte mit dem Kopf und wollte mit allem nochmals beteuern, er habe kein Geld.

Da schrie der größere der beiden Räuber. »Gibst du nicht augenblicklich dein Geld her, so bist du ein Kind des Todes!« Und der kleinere wiederholte: »Des Todes!« Und wiederum der größere: »Erst schlachten wir dich, dann deinen Vater!«

Und im Echo der kleinere: »Deinen Vater!«

Da konnte Zäpfel Kern nicht an sich halten und wimmerte: »Nein! nein! nein! Nur meinen guten Papa nicht!«

Durch das Sprechen klimperten aber die Goldstücke aneinander, und nun hatten es die Räuber heraus, wo das schlaue Zäpfele seine Sparbüchse hatte. »Ha«, schrien sie, »seht doch den Schurken! Hat Gold im Munde, wie die Morgenstunde.«

Und der größere rief: »Spuck es aus auf der Stelle!« Und der kleinere schrie: »Spuck!«

Wer aber nicht spuckte, war unser Kasperle.

»Du willst also nicht?« sagte der größere. »So wirst du müssen!«

»Müssen!« wiederholte der kleinere.

Und nun versuchten sie, Zäpfel Kerns Sparbüchse zu öffnen. Der eine stemmte ein Knie gegen die Nase und suchte sie so nach oben zu drücken. Der andere hing sich an den Unterkiefer und wollte ihn so nach unten zerren. Ein angenehmes Gefühl war es nicht, aber Zäpfel ließ nicht locker.

»Also müssen wir den Geldschrank mit dem Stemmeisen öffnen«, rief der größere. »Ich werde ihm das Maul aufstemmen, und du fährst dann fix hinein und holst das Geld heraus.«

Das mit dem Stemmeisen ging nach Wunsch. Zäpfel Kern mußte den Mund öffnen, als ihm mit wuchtigen Hammerschlägen ein Stemmeisen zwischen die Lippen und gegen die Zähne getrieben wurde. Als aber der andere mit der Hand hineinfuhr, biß er zu wie ein Nußknacker und: tschig! – hatte er einen abgebissenen Finger im Mund.

Einen Finger? Nein, es war eine Katzenpfote.

Zäpfel Kern hatte indessen keine Zeit, sich über dieses Wunder Gedanken zu machen. Er benutzte das kreischende Zurückfahren des kleineren der Räuber dazu, dem größeren einen Stoß gegen die Brust zu geben, und sprang davon.

Hei, wie er sprang! Da zeigte es sich, wie gut Meister Zorntiegel die Gelenke ineinandergefügt hatte.

Es war eine rasende Jagd durch die Finsternis. Zum Glück kam Zäpfel bald auf freies Feld, und nun sauste er erst recht wie der Wind dahin über die Furchen eines Kartoffelackers, setzte jetzt über einen Zaun, nun über eine Hecke, klapp – klapp – klapp den steinigen Berg hinauf, jupp, den Berg wieder hinab und huisassa über eine Wiese hin. Aber jetzt nach drei Meilen wurde er müde, und der Atem ging ihm aus. Auch bemerkte er einen brenzligen Geruch von seinen Fuß- und Beingelenken her, die sich wie die Achsen eines Wagens heißgelaufen hatten und notwendig etwas Öl oder Schmierfett benötigten. Und dabei kamen seine Verfolger näher und näher, der größere voran, der kleinere wegen seiner Wunde hintendrein.

Schon glaubte sich Zäpfel Kern verloren, da sah er eine Tanne vor sich, die ihm brüderlich die Äste entgegenstreckte. Ein Sprung, und er ergriff den untersten Ast, ein Schwung, und er saß auf dem höchsten. Aber im nächsten Augenblick waren auch die beiden Raubgesellen da.

»So klettere doch!« rief der größere, »du weißt doch, ich kann nicht klettern.«

»Und ich kann's jetzt auch nicht«, flüsterte der kleinere. »Ja, wenn mir der Schuft nicht meine Pfote abgebissen hätte!«

»Verdammt! Was machen?« flüsterte der größere.

»Feuer an den Baum legen!« zischte der kleinere.

Und so geschah's. Nach wenigen Minuten hatten die Schurken ein Feuer angezündet, das an der Tanne heiß hinauffleckte. Wollte Zäpfel Kern nicht bei lebendigem Leibe gebraten werden, so mußte er hinunter. Schon der Qualm, der ihm die Augen beizte, war unerträglich. Er hatte gerade nur noch Zeit, sich mit etwas Tannenharz, das er mit Tannennadelöl geschmeidig gemacht hatte, die Gelenke etwas zu schmieren, dann gab er sich mit dem schwankenden Ast einen tüchtigen Schwung und machte den schönsten und weitesten Kasperlesprung, den je die Welt gesehen hat. Gottlob! er kam, ohne zu fallen, auf die Füße und floh aufs neue davon.

Der Tag begann schon zu grauen und sah Zäpfel Kern immer noch vor seinen Verfolgern dahinfliehen wie einen Hasen vor zwei Jagdhunden. Wer weiß, ob sie ihn nicht doch erwischt hätten, wenn jetzt nicht zum Glück ein breiter Wassergraben gekommen wäre. Er war zwar entsetzlich breit, und es war noch gar nicht ausgemacht, ob Zäpfel Kern nicht doch mit seinem schmierigen Lehmwasser Bekanntschaft machen würde, das wie Milchkaffee aussah, aber gewiß nicht so schmeckte; doch unser Kasperle ließ sich nicht bange machen, nahm sich ein Herz, zählte: »Eins! zwei! drei!« und hupp! war er drüben.

Seine beiden Verfolger aber, denen beim Springen die Kohlensäcke höchst hinderlich waren, fielen patsch! klatsch! mitten hinein, daß nur noch ihre schwarzen Köpfe aus dem Milchkaffee herausguckten. »Wohl bekomme das kühle Morgenbad!« rief Zäpfel, indem er seine Zunge lang herausstreckte, und jagte weiter.

Einen guten Vorsprung hatte er ja nun. Die Räuber aber nahmen doch in ihren triefnassen Kohlensäcken die Verfolgung auf.

Es ist unmöglich, mit zwei Beinen schneller zu laufen, als das Kasperle lief, aber seine Verfolger, obwohl sie auf zwei Beinen vor ihm gestanden waren, hatten zum Laufen jeder vier Beine zur Verfügung. So geschah es, daß sie immer näher und näher kamen.

Zäpfel Kern glaubte sich bereits verloren, da sah er in der Ferne einen wunderschönen Wald, lauter hohe Eichen und Buchen, und aus dem saftigen Grün des Waldes leuchtete weiß mit Zinnen und Türmen ein Schloß hervor. Dieser Anblick gab ihm neue Hoffnung. Und mit der Hoffnung neue Kraft. »Dort oder nirgends finde ich Rettung!« sagte er zu sich selber und sprang nun wieder so schnell dahin, daß die acht Beine hinter ihm zurückblieben.

Näher und näher kam er dem Schloß, aber o weh! – Jetzt stand vor ihm ein schrecklich hohes, schmiedeeisernes Gitter, und es war ganz mit Kletterrosen umwachsen.

Hilft nichts, dachte sich Zäpfel und kletterte hinauf, von Dornen zerstochen und zerritzt, und rutschte auf der anderen Seite hinab, nochmals von Dornen zerstochen und zerritzt. Von Hose und Jacke und Krause blieb gar viel an Gitter und Dornen hängen, und sein schöner Kasperle-Anzug bestand jetzt mehr aus Löchern als aus Papier. Wie Zäpfel weiterlief, war es, als ob er überall mit kleinen Fahnen besteckt wäre, so wimpelte es um ihn herum von roten, blauen und grünen Fetzen. Nur der schöne Zuckertütenhut war noch heil, denn er war aus dickem Kartonpapier. Das Kasperle nahm ihn, wie es weiterlief, zwischen die Zähne, damit nicht etwa sein einziges ganz gebliebenes Kleidungsstück auch davonflöge, denn die Baumrindenschuhe, so fest sie auch gewesen waren, waren doch schon längst durchgelaufen, und Zäpfel hatte sie schließlich ausgezogen und in die Hände genommen. So, den Hut zwischen den Zähnen, in jeder Hand einen Schuh, langte er endlich vor dem Schloßtor an. Er hatte nicht Zeit, über die Schönheit dieses Tores zu staunen, das über und über mit Schnitzerei bedeckt und zwischen der Schnitzerei vergoldet war, so daß es aussah, als säßen viele geschnitzte Vögel in einem goldenen Geäst. Er sah nur eins: mitten am Tor hing ein silberner bauchiger Schild und an diesem silbernen Schild herunter an einem vergoldeten Seil ein Klöppel.

Zäpfel Kern griff hastig den Klöppel und haute damit, so stark er nur konnte, auf den Schild.

Päng-gong! erklang es mit starkem und doch süßem Laut.

Aber es rührte sich in dem Schloß, dessen Fenster sämtlich mit goldenen Läden verdeckt waren, keine Menschenseele.

Zäpfel Kern ließ seine Augen an der weißen Fläche hinauf- und hinabschweifen, ob sich nicht doch ein Fenster öffnen wollte, aber das Schloß blieb in seiner glänzenden marmornen Pracht stumm und verschlossen liegen. Da ergriff er zum zweitenmal den Klöppel und bearbeitete Schlag auf Schlag den silbernen Schild so heftig, daß ein unaufhörliches päng-gong erscholl.

Und da tat sich über dem Tor, wie von unsichtbarer Hand geöffnet, ein goldener Fensterladen auf, und ein goldenes Licht fiel schräg auf Zäpfel Kern herab, und goldener, leuchtender noch als dieses Licht erschien ein wunderbares Antlitz am Fenster, das Antlitz der schönsten Frau auf Erden. Braun, aber mit einem goldenen Schimmer darum, waren die Haare, braun, aber mit einem goldenen Leuchten darin, waren die Augen. Und jede Linie des lieben Gesichtes tat wohl dem, der es anschauen durfte. Die schlanken Hände aber hatte die Frau über der Brust gekreuzt, an der eine große in Gold gefaßte Spange aus Mondstein das mildgrüne seidene Gewand zusammenhielt.

Und die Frau sprach mit einer Stimme, die aus einer anderen Welt zu kommen schien: »Was willst du, Kind?«

»Mach doch das Tor auf!« schrie Zäpfel, aber seine Stimme kam deutlich aus dem hölzernen Brustkasten.

»Kannst du nicht bitten?« fragte die Frau.

»Ich hab' keine Zeit zum Lamentieren!« schrie Zäpfel, der ja immer gleich frech wurde, wenn er glaubte, das Schlimmste hinter sich zu haben.

»Das tut mir leid, mein Kind«, sagte die Frau, »denn ich bin es gewöhnt, daß, man mich bittet und nicht anschreit.«

Und die goldenen Fensterladen schlossen sich wieder, und das goldene Licht verschwand – – – und an jedem Ohr fühlte Zäpfel Kern eine kräftige Faust.

»Au, au, au«, schrie er, »das ist unverschämt.«

»Lange noch nicht so wie du«, schrie der größere Räuber und gab ihm von links eine so kräftige Ohrfeige, daß Zäpfel Kern taumelte.

Und da der kleinere Räuber, wie wir wissen, immer das Echo des größeren machte, so gab auch er unseren Kasperle eine nicht minder gewaltige Backpfeife, aber von rechts. Damit war das Gleichgewicht wieder hergestellt, aber nicht Zäpfels Wohlbehagen.

»Huhuhu!« heulte das Kasperle.

»Jawohl, huhuhu«, äffte ihn der große Räuber nach. »Heraus mit dem, Geld, oder es geht dir schlimm!«

»Schlimm!« bestätigte der kleinere.

Aber Zäpfel Kern stopfte beide Hände in die Hosentaschen, blieb breitbeinig voller Trotz stehen und sagte nicht maff.

»Also gut denn! Schlachten wir ihn!« sagte der große.

»Schlachten!« echote der kleinere.

Und beide zogen aus ihren Kohlensäcken entsetzlich lange und entsetzlich scharfe Messer.

Und der große, das Messer schwingend, sprach: »Wir wollen dich erst ein bißchen kitzeln.«

»Kitzeln!« Wiederholte der kleinere und schwang gleichfalls das Messer: Zäpfel sagte nicht maff.

Da kommandierte der größere: »Eins, zwei, drei!« und wie er »drei« gesagt hatte, stürzten beide zu gleicher Zeit auf unser Kasperle los. Sie trafen gut, das muß man sagen: beide in die Herzgegend; aber Zäpfel war aus viel zu gutem Kernholz gemacht, als daß ihm zwei Messer etwas hätten antun können.

Knack! brachen beide Klingen ab, und die beiden hatten nur noch jeder seinen Messergriff in der Hand. Zäpfel zog die Augenbrauen hoch und meckerte vor Vergnügen wie ein Ziegenbock.

Die Räuber aber standen da wie begossene Pudel und machten dumme Gesichter (soweit man das unter dem schwarzen Anstrich sehen konnte). Dann warfen sie ihre Messergriffe wütend weg, und der größere sprach: »Der Bursche kommt uns verdammt teuer zu stehen.«

»Geschäftsunkosten!« sagte der kleinere.

»Aber einen Strick wollen wir doch noch an ihn wenden? Ja?« fragte der größere.

»Wahrlich, einen Strick«, wiederholte sein Echo.

Darauf banden die Räuber unseren Kasperle die Hände auf dem Rücken zusammen, warfen ihm eine Schlinge um den Hals, schleppten ihn tief in den Wald zu einer großen Eiche, hängten ihn an einem Ast auf, leierten ihn in die Höhe und setzten sich gemütlich ins Gras, zu warten, bis er ausgezappelt haben würde.

Zäpfel Kern zappelte in der Tat wütend, denn die Halsschmerzen, die er jetzt bekam, waren nicht von schlechten Eltern; wenn aber die beiden Räuber glaubten, daß er bald ausgezappelt haben würde, so irrten sie sich. Zwei, drei, vier Stunden vergingen, und Zäpfel zappelte immer noch. Auch fiel es ihm gar nicht ein, den Mund aufzumachen und die Goldstücke herausfallen zu lassen.

»Der Kerl hat ein zähes Leben wie eine Katze«, sagte der größere. Diesmal aber machte der kleinere nicht das Echo, sondern fauchte: »Ich verbitte mir solche Vergleiche!«

Und der größere sprach: »Nichts für ungut! Aber das Warten wird mir langweilig. Setzen wir uns irgendwo im Gebüsch auf die Lauer. Vielleicht fällt uns was Eßbares in die Hände.«

»Ja, lauern wir!« stimmte der kleinere bei.

Es ist kein Zweifel, daß Zäpfel Kern jetzt gestorben wäre, wenn sich nicht jene schöne Frau seiner erbarmt hätte, die ihn gewiß aufgenommen haben würde, wäre unser Kasperle etwas artiger gewesen.

Wer mochte die schöne Frau wohl sein, die im Schloß von Marmor wohnte, umatmet von Musik, umleuchtet von Gold? War es eine Prinzessin, eine Königin, eine Kaiserin gar?

Sie war mehr noch, war eine Fee und hieß Frau Dschemma.

Was ist das: eine Fee?

Ja, wenn man das sagen, wenn man das Wesen einer Fee beschreiben könnte wie ein schönes Kleid, ein Bild, ein Stück Kuchen!

Nein, man kann es nicht. Es muß uns genug sein zu sagen, wie eine Fee entsteht. Das aber geht so zu:

Jedes Jahr einmal, am Heiligen Abend, wenn auf Erden alles fröhlich und liebreich ist, gönnt sich der liebe Gott, der sonst immer wacht, ein Viertelstündchen Schlummer. Und in diesem Viertelstündchen träumt er eine Fee. Was aber der liebe Gott träumt, verweht und vergeht nicht wie Menschentraum, sondern wird Leben und bleibende Erscheinung. Der liebe Gott sieht im Traum alle Schönheit, Güte und Milde einer lieben Frau, und allsogleich nimmt diese Frau in seinem Herzen Gestalt an und schwebt aus Gottes Herzen auf und senkt sich nieder auf die Erde mit all ihrer Herrlichkeit, Klarheit und Lieblichkeit aus dem Herzen Gottes. –

Das Zappeln am Baum und die Todesangst durfte die gute Fee Frau Dschemma unserem Kasperle freilich nicht ersparen, denn seine, wie wir alle wissen, außerordentliche Frechheit mußte einmal etwas recht Bitteres zu schlucken bekommen; aber als sie fühlte, daß sein Leben in Gefahr war, beschloß sie sogleich, ihm zu helfen.

Sie klatschte, sich zum Fenster hinausbeugend, dreimal in ihre wunderschönen Hände und rief:

>>Falke, mein Bote,
Errette vom Tode,
Falke mit der schnellen Schwinge,
Löse aus der engen Schlinge
Zäpfel Kern, mein Kasperlein.
Laß dir's wohl befohlen sein!<<

Und augenblicklich schwang sich ein schneeweißer Falke durch die Luft, brauste zur großen Eiche, an der Zäpfel Kern hing, durchbiß mit scharfem Schnabelhieb den Schlingenknoten, packte sogleich Zäpfel Kern und legte ihn sanft ins grüne Moos.

Dann flog er eilig zu seiner Gebieterin, setzte sich ihr auf die Schulter und sagte gar höflich, wenn auch mit etwas schnurrender Stimme:

>Was mich meine Herrin geheißen,
Tät ich zu tun mich treulich befleißen.«

»Schön, mein Herr Ritter«, entgegnete die Fee, »und wie steht es um das arme Kerlchen?«

Und Ritter Falke sprach:

>Als ich scharfen Schlags den Knoten
Schnabelglatt durchsäbelte,
Sah ich nichts als einen Toten.
Aber als
Frei der Hals,
Hört' ich, wie er schwäbelte:
>Bei meinem blauen Kamisol!
Jetzscht isch mir wieder knödelewohl!‹«

»Frech ist das Kasperle, das muß ich sagen«, meinte die Fee, »aber ich fürchte doch, wir müssen ihn ins Bett bringen und die Ärzte rufen. – Ihr seid entlassen, mein lieber Ritter, aber Ihr könnt mir noch schnell Löcklich, den Kutscher, bestellen.«

Der Falke neigte sein Haupt und flog davon.

Keine Minute verging, und es erschien, artig auf den Hinterpfoten herbeitrippelnd, ein außerordentlich großer Pudel, von dessen Pudeltum aber außer der schwarzen Schnauze nicht viel zu sehen war, denn er steckte ganz in einer höchst prächtigen Kutscherlivree, und den Schwanz trug er in einem aus schottischer Seide gemachten Futteral. Er machte eine Verbeugung, um die ihn ein Tanzmeister hätte beneiden können, und sprach in einem zwar etwas bellenden, aber doch angenehmen Bariton: »Was steht der gnädigen Frau zu Diensten?«

»Mein lieber Löcklich«, antwortete Frau Dschemma, »wir brauchen die himmelblaue Galakutsche. Sie ist doch instand?«

Löcklich machte ein beleidigtes Gesicht und sagte fast ärgerlich: »Sie ist immer instand.«

»Also schön«, entgegnete die Fee, »dann spann gleich an und fahr zur großen Eiche. Dort liegt ein krankes Kasperle im Moos. Das heb fein behutsam auf und leg's sanft in die Kutsche. Und daß du mir dann schön langsam fährst und nicht wie es deine Art ist: heidi über Stock und Stein!«

»Ich werde so langsam fahren wie ein Leichenwagen«, antwortete Löcklich, bewegte sein geliebtes Futteral mit Inhalt schwänzelnd hin und her und ging ebenso würdig ab, wie er gekommen war.

Es dauerte keine zehn Minuten, und die blaue Galakutsche fuhr die Lindenallee hinab zum Wald hinein.

Auf einem Ebenholzbrett hinter dem Kutschkasten standen die zwei Söhne Löcklichs, Wuff und Waff, die beinahe ebenso schön angezogen waren wie ihr Papa, doch nicht ganz, denn sie waren erst Unterlakaien. Neben Löcklich auf dem Bock saß Lumpsack, der Leibjäger, ein sehr verwegenes Foxl, gleichfalls wunderbar, aber ganz in grün gekleidet. Gezogen wurde die Kutsche von acht schneeweißen Katern, von denen nicht verschwiegen werden darf, daß sie etwas wild waren und nur ungern in einem anständigen Trab gingen.

Frau Dschemma konnte es kaum erwarten, bis die Kutsche mit dem Kasperle zurück war, denn beim Gutestun sind auch die sonst so himmlisch geduldigen Feen ungeduldig. Es dauerte aber nicht lange, und die Kutsche kam zurück. Recht passend nahm sich Zäpfel Kern in seinem zerfetzten Kasperlekostüm auf dem himmelblauen Samt nicht aus, aber die Fee hatte keinen Blick für den zerrissenen Anzug, sondern sah nur das schmerzlich verzerrte Gesicht und die steifen Glieder unseres Freundes. So schnell, wie bei der notwendigen Behutsamkeit möglich war, mußten ihn Wuff und Waff in das schönste Fremdenzimmer des Schlosses tragen, das das Perlmutterzimmer hieß, weil alle Wände aus Perlmutter waren, und in das gelbseidene Himmelbett legen.

Das tat dem Kasperle wohl. Aber er war so schwach, daß er nicht einmal die Augen öffnen konnte.

Frau Dschemma setzte sich ans Bett und machte ihm kalte Umschläge um den Hals, bis die inzwischen herbeigerufenen besten Ärzte der Umgebung kamen.

Es waren: der Sanitätsrat Rabe, der Medizinalrat Eule und Professor Doktor Maikäfer, den die Fee eigens zur Heilung Zäpfel Kerns wieder ins Leben zurückgerufen hatte.

Und Frau Dschemma sprach: »Meine hochgeehrten und tiefgelehrten Herren! Vor allem möchte ich von Ihnen eines wissen: Ist mein Kasperle tot oder lebendig?«

Steifbeinig und würdevoll trat zuerst Sanitätsrat Rabe ans Bett heran, legte den linken Zeigefinger krumm über den Schnabel, fühlte dem Kasperle mit der rechten Hand den Puls, klopfte ihm dann auf die Nase und pickte schließlich mit dem Schnabel auf dem Brustkasten herum.

»Hm!« sagte er, »hm, ein schwieriger Fall! Der Patient ist meiner Meinung nach gar kein Patient mehr, denn er ist nach meiner Meinung tot wie ein abgetretener Stiefelabsatz. Indessen, gesetzt den Fall, daß er nicht tot wäre, müßte wohl der Mutmaßung Raum gegeben worden, daß er noch lebendig ist.«

Machte eine Verbeugung und trat zurück.

Nun wackelte Medizinalrat Eule ans Bett, putzte sich seine große runde Brille mit einem roten Schnupftuch, zog ein Höhrrohr aus der Fracktasche und behorchte das Kasperle sehr eingehend an allen Teilen des Körpers, sogar an den Fußsohlen. Da Zäpfel Kern dort kitzlig war, zuckte er zusammen, und das war wohl der Grund, daß Medizinalrat Eule folgendes Urteil abgab: »Ich, äh, muß, äh, zu meinem Bedauern, äh, erklären, daß ich, äh, anderer, äh, Meinung bin als mein, äh, berühmter Herr Kollege. Denn, äh, angesehen den Umstand, äh, daß das Kasperle, äh, noch zuckender Bewegungen fähig ist, muß, äh, geschlossen werden, daß es, äh, noch lebt. Indessen, äh, gesetzt den Fall, daß es, äh, nicht mehr, äh, am Leben wäre, äh, müßte wohl, äh, der Mutmaßung, äh, Raum gegeben werden, äh, daß es, äh, tot ist.«

Ganz matt von den vielen Ähs trat auch er zurück und ließ nun Professor Doktor Maikäfer vor.

Der sah Zäpfel Kern bloß scharf an und sagte eine Weile nichts.

»Nun«, fragte Frau Dschemma, »was ist Ihre Ansicht?«

»Meine Ansicht ist«, antwortete der Professor, »daß dieses Kasperle da ein Lausbub ist.«

Zäpfel fuhr zusammen.

»Ein Tunichtgut!«

Zäpfel drehte sich um.

»Ein ganz infamer Schlingel.«

Zäpfel steckte die Nase unter die Decke.

»Ein undankbares, unfolgsames, faules Kind, das hinter die Schule läuft und seinem armen Papa nichts als Sorgen macht.'

Zäpfel heulte unter der Decke wie ein Jagdhund.

Und der Sanitätsrat Rabe sprach: »Der Tote heult, also ist er auf dem Wege der Besserung.«

»Nein«, entgegnete der Medizinalrat Eule, »der tote Stiefelabsatz heult nur über Ihre Unwissenheit, mein sehr verehrter Herr Kollege!« Die beiden hätten sich sicher geprügelt, wenn Frau Dschemma es zugelassen hätte.

Die gute Fee Dschemma dachte sich: die Hauptsache vorderhand ist, daß wir ihn wieder ganz gesund machen; das andere wird sich später finden. Und so widmete sie sich in ihrer großen Güte ganz der Pflege dieses garstigen Kasperles.

Da sie wohl bemerkt hatte, daß ein böses Fieber im Anzug war, so hatte sie in ihrer Feenapotheke von ihrem Leibapotheker Pelikan ein Pulver anfertigen lassen, das in einem solchen Fall Wunder wirkte. Nur, freilich, wie Honig schmeckte es nicht. Das ist aber auch nicht der Zweck der Medizinen, und wenn sie gleich in einer Feenapotheke bereitet werden.

Tat also das Pulver in einen rubinroten Kelch, goß ein wenig Wasser dazu, hielt es Zäpfel hin und sprach mit einer Stimme, so lieb und milde, daß ein wilder Bär nicht hätte widerstreben können:

»So, mein Junge, jetzt schluck mal das hinunter!«

Zäpfel Kern sah den Pokal schief an, zog auch den Mund schief und machte schließlich gar noch eine schiefe Nase, indem er sprach: »Schmeckt's süß oder bitter?«

»Bitter!« antwortete Frau Dschemma, »aber es macht dich dafür gesund.«

»Bitter mag ich nicht.«

»Aber sei doch gescheit und trink!«

»Wenn ich was Bitteres tränke, wär' ich schön dumm.«

»Pfui, wer wird so sprechen; das ist nicht dein Ernst.«

»Wetten wir, daß ich's nicht trinke?«

»Ich weiß ganz genau, daß du's trinken wirst, und ich geb' dir auch, wenn du's getrunken hast, ein Ananaskügelchen, damit der schlechte Geschmack verschwindet.«

»Zeig erst mal das Ananaskügelchen her!«

Frau Dschemma öffnete eine kleine Dose, die an einer goldenen Kette hing und die Eigenschaft besaß, allem, was sie enthielt, den Geschmack und Geruch einer reifen Ananas zu verleihen. Kaum hatte die Fee die Dose geöffnet, so war das ganze Zimmer mit dem herrlichen Ananasduft erfüllt.

»Das riecht aber fein«, sagte Zäpfel Kern und schnupperte mit seiner großen Nase.

»Und wie es riecht, so schmeckt es auch«, sagte die Fee, indem sie mit den Fingerspitzen ein kleines versilbertes Kügelchen hervorholte.

»Ist das auch Silber?« fragte das Kasperle.

»Nein, es ist Schokolade, aber versilbert.«

»Und schmeckt nicht wie Schokolade, sondern wie Ananas?«

»Es schmeckt wie Schokolade und Ananas.«

»Das muß großartig schmecken«, meinte nach einer kleinen Pause das Kasperle.

»Es ist die neueste und gelungenste Erfindung meines Leibkonditors Honigbär.«

»Was? Du hast einen Bären als Konditor?«

»Ja, die Bären verstehen sich am besten auf Süßigkeiten.«

»Frißt er nicht alles selber? Wenn ich Konditor wäre, ich ließe nicht so viel übrig, wie auf einen Mückenflügel geht.«

»Das glaub' ich, aber Meister Honigbär ist auch kein solcher... na, du weißt selber, was der Professor gesagt hat, wie du. – Aber nun trink die Medizin!«

»Wenn du mir ein Ananaskügelchen gibst.«

»Nachher!«

»Nein, vorher!«

»Nun gut, ich will dir deinen Willen tun, weil du krank bist, Zäpfel. Aber du versprichst mir, dann gleich die Medizin zu nehmen?«

»Ich geb' dir meine rechte Hand darauf!« sagte das Kasperle freudig, und Frau Dschemma steckte ihm ein Kügelchen in den Mund.

»Duzi, duzi, dizi, dizi, duzi, duzi, dizi, dizi, dum!« sagte das Kasperle und leckte sich die Lippen.

Frau Dschemma mußte lachen und fragte: »Was ist denn das für ein Unsinn?«

»Das ist gar kein Unsinn«, sagte Zäpfel Kern, »sondern Kasperledeutsch.«

»Und was heißt es denn?«

»Es heißt: Sapperment, sapperment, das schmeckt nach mehr!«

»Nachher kriegst du auch noch ein Kügelchen. Aber jetzt halt dein Versprechen und trink die Medizin!«

Zäpfel Kern zog wieder alles schief, was er in seinem Gesicht nur schief ziehen konnte, nahm den Rubinpokal in beide Hände, führte ihn an die Nase, roch hinein, setzte ihn an den Mund und – stellte ihn auf das Nachttischchen.

»Du hast ja nicht getrunken«, sagte die Fee.

»Das Zeug ist zu bitter«, entgegnete Zäpfel.

»Woher weißt du denn das?«

»Das riecht ja ein blindes Pferd!«

Jetzt wurde Frau Dschemma fast böse und sprach: »Du, Zäpfel, solche Redensarten gefallen mir nicht, und noch weniger ein Junge, der sein Wort nicht hält.«

»Aber ich will's ja halten«, entgegnete Zäpfel, der sich nicht gerne an seine Ehre rühren ließ, denn ein anständiger Bursch war er ja im Grunde. »Aber« fügte er hinzu, »ein Kügelchen könntest du mir vorher schon noch geben, sonst langweilt sich das andere in meinem Bauch.«

Frau Dschemma mußte lachen und schob ihm noch ein Kügelchen in den Mund.

»La pum sibim, da pum sibim, la pum sidum sibum sibim!« sagte das Kasperle.

»Das heißt hoffentlich: Jetzt will ich aber schleunigst die Medizin haben!« sagte die Fee.

»Hast du 'ne Ahnung von Kasperledeutsch!« sagte Zäpfel. »Das hat geheißen: Wenn die Medizin so schmeckte, würde ich den ganzen Tag welche einnehmen.«

»Da du aber dein Wort gegeben hast, wirst du jetzt auch die bittere Medizin trinken, nicht wahr?«

»Ja, natürlich, aber so geht's nicht!«

»Wieso geht's nicht?«

»Das Kopfkissen ist zu niedrig.«

Frau Dschemma machte es höher.

»Es geht immer noch nicht.«

»Warum nicht?«

»Weil die Tür offensteht.«

Die Fee machte die Tür zu.

»Es geht überhaupt nicht! es geht absolut nicht, weil ich nicht will! will! will!« schrie Zäpfel Kern und strampelte mit den Beinen.

»Wenn du nicht ruhig bist, wirst du noch kränker werden.«

»Meinetwegen!«

»Du bekommst ein ganz böses Fieber.«

»Meinetwegen!«

»Du wirst an dem Fieber sterben!«

»Meinetwegen!«

»Fürchtest du dich denn nicht davor?«

»Das Sterben ist mir ganz egal, bloß das bittere Zeug mag ich nicht trinken. Brrr! Lieber sterben!«

Da hob die Fee ihre rechte Hand in die Höhe, und sogleich schlugen lautlos die perlmutternen Türflügel auseinander, eine traurige Musik erklang, als käme sie aus dem Innern der Erde, und im schweren, langsamen Takte dieser Musik schritten acht Riesenmaulwürfe herein, die auf ihren Schultern einen schwarzverhangenen Sarg trugen.

Zäpfel Kern fuhr kerzengerade vor Schreck im Bett in die Höhe, bekam wieder einmal Krebsaugen und schrie: »Was wollt ihr hier? Ich brauche euch nicht!«

»Wir aber brauchen dich«, murmelten dumpf die Maulwürfe und stellten den Sarg vors Bett.

»Mich?« schrie das Kasperle, »aber ich bin doch keine tote Leiche?«

Wirst aber gleich eine sein,
denn du nimmst ja nicht ein!«

sangen wie ein Trauerchor die schwarzen Tiere.

Da flehte Zäpfel Kern mit Tränen in den Augen: »Ach, meine liebe, schöne Dame, bitte, bitte, bitte, lassen Sie mich doch die gute Medizin trinken. Und wenn ein Glas nicht genug ist, zweie, und wenn zweie nicht genug sind, dreie. Nur nicht sterben, nur, huhuhu, ni... ni... ni... nicht sterben!«

Und er trank, als ihm Frau Dschemma den Pokal reichte, den ganzen Inhalt mit einem Schluck aus, während die Maulwürfe den Sarg wieder auf ihre Schulter hoben und unheimlich murmelnd verschwanden.

Da aber die Medizin auf Kasperlekonstitutionen augenblicklich wirkt, ward Zäpfel Kern davon sofort gesund wie ein Fisch im Wasser, sprang aus dem Bett und rief:

Peratze, perütze,
Wo ist meine Mütze?
Perütze, perause,
Wo ist meine Krause?
Perause, peracke,

Wo ist meine Jacke?
Peracke, perose,
Wo ist meine Hose?
Perofel, periefel,
Wo sind meine Stiefel?«

»Wo anders werden sie sein als im Kleiderschrank, wo sie hingehören?« entgegnete die Fee.

Sofort lief Zäpfel Kern zum Kleiderschrank, riß die Perlmuttertüren auf und setzte sich vor Schreck mitten auf den Fußboden, als er die ganz zerrissenen Sachen sah. Und er jammerte und greinte: »Meine schönen Sachen! Ach, meine schönen Sachen! Sie sind ja alle ganz kaputt!«

»Also wollen wir sie reparieren lassen!« sagte lächelnd Frau Dschemma, nahm ein silbernes Pfeifchen in den Mund, pfiff darauf, und burrr! flügelte es zum Fenster herein: lauter schneeweiße Tauben.

»Könnt ihr bloß picken
Oder auch flicken?«

fragte die Fee. Die Tauben antworteten:

»Reis und Mais picken wir gern,
Was kaputt ist, flicken wir gern.«

und flogen in den Kleiderschrank und trugen mit ihren Schnäbeln die Kasperlesachen heraus und breiteten sie auf den Boden hin und legten aneinander, was zerrissen war, und strichen mit den Schnäbeln darüber her und klopften und pochten und tippelten darauf herum, und als zwei Minuten herum waren, war alles wie neu.

Die Fee kraulte die Tauben zum Lohn an den Köpfen und sprach:

»Habt eure Sache gut gemacht,
Drum kriegt ihr alle heut zur Nacht
Doppelten Reis,
doppelten Mais
Als der Arbeit Preis.«

Hochbeglückt flog der Schwarm auf und verschwand am Himmel wie eine weiße Wolke.

Zäpfel Kern aber zog sich vergnügt an, und als er angezogen war, sprach er:»Schön bin ich, was?«

»Du bist ein nettes Kasperle«, antwortete Frau Dschemma, »nun erzähle mir aber auch, warum du eigentlich zu mir gekommen bist.«

Und Zäpfel Kern erzählte alles, was wir bereits wissen, und erzählte alles, ganz wie es die Wahrheit war. Nur wegen der zwei Goldstücke log er etwas hinzu. Er hätte sie verloren, sagte er und wurde nicht einmal rot dabei.

Aber kaum hatte er diese Lüge herausgebracht, da gab es ihm an der Nasenspitze einen Stoß, und seine ohnehin lange Nase wurde noch ein Stück länger. Er aber dachte, er hätte sich selbst gestoßen, und merkte nichts.

»So, so!« sagte die Fee, »verloren hast du sie! Wo denn?«

Und Zäpfel Kern log weiter:»Im Wald.«

Und die Nase wuchs noch ein Stück.

»Im Wald?« sagte die Fee, »das ist gut, da werden wir sie gleich finden. Ich will sofort meine Diener schicken.«

»Ach nein!« sagte Zäpfel Kern, »bemühen Sie sich nur nicht. Es war ein kleiner Irrtum. Ich habe sie nicht verloren, sondern mit der Medizin hinuntergeschluckt.«

Bei dieser unverschämten Lüge fuhr die Nase fast eine Elle weit vor, und Zäpfel Kern wunderte sich, daß er jetzt fortwährend mit ihr anstieß, wenn er sich bewegte.

Frau Dschemma aber mußte herzlich lachen, als sie das sah.

»Warum lachen Sie denn so?« fragte ärgerlich das Kasperle.

»Weil dir deine Lügen zur Nase herausgewachsen sind, mein Junge«, antwortete die Fee. »Nun sieh zu, wie du sie wieder los wirst. Ich will dich dabei nicht stören, aber fall mir ja nicht über deine Nase, mein wahrheitsliebendes Kasperle. Du könntest dir sonst was brechen.«

Und mit einem Lachen, das wie silberne Glöckchen klang, ging Frau Dschemma zur Türe hinaus.

Zäpfel Kern aber, außer sich vor Wut über seinen Zinken, raste im Zimmer herum, bald an einer Wand, bald am Bett, bald an einem Tisch, bald an einem Schrank höchst schmerzhaft anstoßend, jetzt eine Gardine, jetzt den Bettvorhang, jetzt eine Tischdecke aufspießend und alle Gläser, Flaschen, Krüge, Vasen mit seiner Nasenlanze von ihrem Standort herunterstoßend.

»Nur hinaus, hinaus, hinaus!« schrie er. »Das ist ja nicht zum Aushalten. Ich krieg' ja ein Riesen-Nasenbluten. Ich spieße mich ja auf!«

Aber wie er die Tür öffnen wollte, stellte es sich heraus, daß er wegen der Größe seiner Nasenlanze nicht zur Klinke gelangen konnte.

So sah sich Zäpfel Kern also gefangen, denn zum Fenster hinunterspringen konnte er nicht, weil es zu hoch war.

Trauriger war er noch nie gewesen, denn eingesperrt zu sein, ist für ein Kasperle die größte Qual. »Und noch dazu mit der unförmigen Nase«, schluchzte Zäpfel. »Wenn sie nur wenigstens nicht so schwer wäre. Aber sie hängt an mir wie ein Gewicht aus Blei. Selbst wenn ich hinaus könnt' – weit käme ich nicht. Und wie soll ich dieses Ungeheuer von einer Nase ernähren? Sie braucht sicher täglich allein zwei Pfund Fleisch und einen Scheffel Kartoffel. Ich bin verloren, ich bin ruiniert!«

Und seine Nase in die Ecke eines Kanapees bohrend, gab sich Zäpfel Kern laut schluchzend seinem Schmerz hin, dabei unaufhörlich zu sich selber sagend: »Ich lüge in meinem Leben nicht mehr! In meinem Leben lüge ich nicht mehr!«

Wie Frau Dschemma in ihrem Herzen fühlte, daß ihr Kasperle ganz aufgeweicht vor Reue war, beschloß sie, es nun genug sein zu lassen mit seiner Strafe. Ging also zu ihm und sprach: »Du willst also wirklich nicht mehr lügen?«

»Nie, nie, nie mehr!« schluchzte Zäpfel.

»Dann wollen wir unsere braven Tauben wieder kommen lassen«, sagte die Fee, »Schneiderinnen haben Scheren.«

»Was? abschneiden sollen sie sie mir?« schrie Zäpfel und versuchte, seine Nase zu schützen, aber er konnte kaum bis zu ihrer Mitte langen: »Nur das nicht!«

Aber Frau Dschemma hatte schon ihr Pfeifchen angesetzt, und wie sie pfiff, waren auch schon die Tauben da.

Zäpfel Kern, vor Angst zitternd, daß ihm die Nase abgeschnitten werden sollte, wollte unters Kanapee kriechen, aber die Nase war ihm im Wege. So mußte er sich darauf beschränken, mit ihr hin und her zu fahren, damit nur ja niemand sie packen könnte. Vergeblich flatterten die Tauben daran herum; es war nicht möglich, der Nase nahe zu kommen.

»Sei doch vernünftig!« mahnte die Fee, »halt still, es geschieht dir nichts!«

»Danke schön!« schrie Kasperle, »auch noch stillhalten! Nein, wer mir zu nahe kommt, wird aufgespießt!«

»Dann müssen dich also meine Soldaten zur Vernunft bringen! Die fürchten sich vor einem Kasperle nicht«, sagte die Fee. Dann rief sie zum Fenster hinaus: »Bataillon marsch!«

Sogleich hörte man Trommeln wirbeln, Trompeten schmettern, und bald kamen laute Schritte die Treppe herauf.

»Bataillon... Halt!« hörte man draußen kommandieren.

Dann ging die Tür auf, und es erschien ein wunderschöner Schnauzel in Generalsuniform. Er salutierte mit dem Degen vor Frau Dschemma und sagte in militärischem Ton: »Mit allen Kerntruppen zur Stelle! Was befiehlt meine Gebieterin? Soll ich die Kanonen auffahren lassen?«

»Nein, mein lieber General Bumbautz, so schlimm ist's nicht«, antwortete die Fee, »es genügt, wenn Sie Ihre zwanzig besten Scharfschützen hier aufstellen. An jede Wand fünf. Sie sollen auf dieses Kasperle hier anlegen, das wieder einmal nicht folgen will. Bleibt es ruhig stehen, ohne die Nase zu bewegen, so ist nichts weiter nötig. Rührt es die Nase aber nur ein klein bißchen, so müssen Sie, so leid es mir tut, Feuer kommandieren und den Ungehorsamen totschießen lassen.«

»Zu Befehl!« sagte General Bumbautz und verließ das Zimmer.

Frau Dschemma aber wandte sich an Zipfel und sprach: »Du hast gehört, was dir bevorsteht, wenn du die Nase nicht stillhältst. Richte dich danach!«

»Gnade! Gnade!« flehte Zäpfel Kern, aber da marschierten schon zwanzig bis an die Zähne bewaffnete Dackel in Infanterieuniform herein, und General Bumbautz kommandierte mit fürchterlicher Stimme: »In Sektionen zu fünf schwenkt – ab! Erste Sektion an die Fensterwand – marsch! Zweite Sektion an die Türwand – marsch! Dritte Sektion an die Bettwand – marsch! Vierte Sektion an die Schrankwand – marsch! – Ganzes Bataillon kehrt!«

Es klappte alles wundervoll, aber Zäpfel Kern hatte keinen Sinn für diese militärische Exaktheit. Er stand in der Mitte des Zimmers und schlotterte wie ein zusammengeklappter alter Regenschirm, wenn's stürmt.

»Soll ich jetzt laden lassen?« wandte sich der Schnauzel-General an die Fee.

»Tun Sie das, mein lieber General«, antwortete Frau Dschemma.

Und General Bumbautz von Säbelsaus kommandierte: »Bataillon soll chargieren – geladen! Legt – an!«

Es war ein furchtbarer Augenblick. Zwanzig Gewehrläufe richteten sich wie zwanzig Fernrohre des Todes auf Zäpfel Kerns Brust. Der aber hatte kaum noch die Kraft zu wimmern: »Ich... ich... rühre mich... ganz gewiß nicht! Lie... lie... lieber laß ich mir die Nase abschneiden, als mi... mi... mich to... to... totschießen.«

>»Dann also, liebe Täubchen mein,
>Macht meinem Zäpfel das Näschen klein!«

rief die Fee, und hurtig schwangen sich die Tauben auf Zäpfels Nase, der vor Angst die Augen zumachte, weil er nun jeden Augenblick den ersten Schnitt erwartete. Aber die Tauben wetzten nur sanft ihre Schnäbel an seiner Nase, und bei jedem Schnabelstrich rutschte der Nasenturm zusammen, und ehe man bis fünf zählen konnte, war die Nase so klein wie vor Zäpfels Lügenpetereien. Die Tauben aber flogen geräuschlos zum Fenster hinaus.

Zäpfel aber stand noch immer mit geschlossenen Augen und wartete, daß ihm die Nase abgeschnitten würde. Erst als er das Kommando hörte: »Setzt ab!« wagte er die Augen zu öffnen, und er öffnete sie wahrhaftig ordentlich, als er bemerkte, daß die Tauben sowohl wie seine Nasenerweiterung verschwunden waren. Und so groß war seine Verblüffung, daß er nicht, wie es doch seine Art war, sofort eine freche Bemerkung auf der Zunge hatte. Erst nach einer ziemlichen Weile, während die Soldaten wieder abmarschierten, sagte er: »Hier muß man wohl krumme Beine haben, wenn man Soldat werden will?«

»Du, du«, entgegnete die Fee und drohte mit dem Finger, »ich brauche nur zu rufen, und gleich sind sie wieder da!«

Aber Zäpfel wehrte hastig ab und sprach: »Nur keine Umstände meinetwegen, schöne Frau; ich bin viel lieber mit dir allein. Zumal ich eine Bitte an Sie habe.«

»Warum sagst du denn einmal ›du‹ und einmal ›Sie‹ zu mir, Zäpfel?« fragte die Fee und setzte sich auf einen goldenen Stuhl.

Zäpfel, ohne viele Umstände zu machen, setzte sich ihr auf den Schoß, legte die Arme um ihren Hals, gab ihr einen echten, schallenden Kasperlekuß und sprach: »›Du‹ sage ich, weil du so gut und lieb zu mir bist wie eine Mutter oder Schwester, und ›Sie‹ sage ich, weil Sie so schrecklich reich und vornehm sind.«

»Was ist dir nun lieber an mir: mein Gutsein oder mein Reichsein?«

»Na, aber doch natürlich das Gutsein!«

»Recht geantwortet! Und nun sollst du immer ›du‹ zu mir sagen, und ich will dir wirklich eine Schwester sein.«

»Ja, aber erst muß ich wissen, wer du bist.«

»Ei, so vorsichtig bist du?«

»Na, natürlich! Sonst könnte ja jeder kommen und Zäpfel Kerns Schwester sein wollen.«

»Also gut denn: ich bin eine Fee.«

»Was für Schnee?«

»Eine Fee.«

»Ach nee?«

»Was soll das heißen?!«

»Das soll heißen, daß ich nicht weiß, was für ein Ding das ist.«

»Lerne lesen und lies ›Zäpfel Kerns Abenteuer‹, da steht's drin.«

»Was? Meine Abenteuer sind schon beschrieben, und ich habe noch gar nicht alle erlebt?«

»Nein, aber sie werden auf meinen Befehl zum Vergnügen und zur Belehrung der Kinder geschrieben werden.«

»Krieg' ich Geld dafür?«

»Nein, es ist eine Ehre.«

»Ist das was zum Essen?‚«

»Nein.«

»Zum Trinken?«

»Nein.«

»Zum Spielen?«

»Nein.«

»Dann tut's am Ende weh?«

»Nein.«

»Aber man muß vielleicht etwas dafür tun?«

»Ja.«

»Ich danke für die Ehre! Ich habe so schon genug zu tun.«

»Sei nicht frech, Zäpfel!«

»Na ja doch! Ich habe die Ehre nicht bestellt, und nun soll ich mich dafür auch noch plagen.«

»Es ist keine Plage; du mußt dich nur immer der Ehre würdig erweisen.«

»Also meinetwegen dann her mit der Ehre! Aber ein Ananaskügelchen wäre mir lieber nach diesem Nasenabenteuer.«

Frau Dschemma steckte ihm eins in den Mund und fragte: »Ist das deine ganze Bitte?«

»Nein, Schwesterchen, ich möchte dich bitten, mich nun wieder fortzulassen. Ich möchte nach Hause zu meinem guten Meister Zorntiegel.«

»Ach, und ich dachte, wir wollten jetzt immer beisammen bleiben.«

»Geht nicht, Schwesterchen, ich habe ein Geschäft.«

»Was denn?«

»Ich muß meinem Meister das Geld bringen. Der Arme hat so schon viel zu lange auf mich warten müssen.«

»Das ist brav von dir gedacht. Und weil ich das vorausgesehen habe, habe ich deinem Meister meinen Falken als Eilboten geschickt und ihn eingeladen, doch mal herzukommen. Er ist schon auf dem Weg.«

Wie das Zäpfel hörte, sprang er vom Schoß der schönen Frau hinab, warf seinen Hut in die Luft und schrie: »Hurra! Hurra! Nun ist er bald da! Aber nicht wahr, ich darf ihm entgegengehen?« fügte er hinzu.

»Gern lasse ich mein unkluges Brüderlein nicht in den Wald«, antwortete die Fee. »Aber daran hindern will und kann ich dich nicht. Vielleicht bist du doch einmal gescheiter, als du aussiehst.«

»Seh' ich denn so dumm aus?«

»Das kommt auf den Betrachter an.«

Zäpfel Kern bemühte sich, ein äußerst intelligentes Gesicht zu machen, und sagte mit dem Ton eines Professors: »Nun, Leute, über die man ein Buch schreibt, brauchen wohl keine Kritik ihres Gesichtsausdrucks zu fürchten.« Sprach's und ging sehr stolz und selbstbewußt zur Türe hinaus.

Frau Dschemma lächelte.

Von keinem anderen Gedanken erfüllt als dem, seinem guten Meister recht bald um den Hals fallen zu können, setzte sich Zäpfel Kern, sobald er das Schloß verlassen hatte, in Trab und war in wenigen Minuten schon bei der großen Eiche.

Wie er die sah, fühlte er sich unwillkürlich an den Hals und murmelte:

>»Zappel, zippel, zappel, zum,
>Links herum und rechts herum.

Hoffentlich kommt das Zappelabenteuer nicht in meine Lebensgeschichte«, fügte er hinzu, »Kinder müssen nicht alles wissen.«

Wie er so zu sich selber sprach, war's ihm, als ob etwas im Gebüsch raschelte. Er guckte hin und erblickte – wen? Baron Alopex und Madame Miaula.

»Welche Überraschung?!?« rief der Fuchs.

»Welche angenehme Überraschung«, flüsterte die Katze.

Und beide vereinten ihre holden Stimmen in der Frage: »Wie kommen denn Sie hierher, Herr Zäpfel Kern?«

»Das ist eine lange Geschichte«, antwortete der, »und ich habe jetzt keine Zeit, sie zu erzählen.«

Aber beide baten so angelegentlich, daß er, um nicht unhöflich zu erscheinen, zu erzählen begann:

»Denken Sie sich, ich bin Räubern in die Hände gefallen.«

»Räubern?« sagte der Fuchs im höchsten Erstaunen.

»Gibt es denn das?« fragte höchst unschuldig die Katze.

»Allerdings«, antwortete Zäpfel Kern, »sie hatten es auf mein Vermögen abgesehen.«

»Diese Schurken!« rief der Fuchs.

»Sollte man es für möglich halten!« schrie die Katze.

Zäpfel Kern aber fuhr fort: »Um nur die Hauptsache zu erwähnen: Hier, an dieser Stelle, haben sie mich aufgehängt wie einen Überzieher, aber nicht am Henkel, sondern am Hals.«

»Mir steht der Verstand still!« sagte der Fuchs. »Was ist das für eine Welt! Was sind das für Zeiten! Für unsereins, die wir ehrlich und friedlich dahinleben, immer nur bedacht, Gutes zu tun, sind solche Ereignisse schmerzlicher als alle Krankheiten des Leibes.«

In diesem Augenblick bemerkte Zäpfel Kern, daß die Katze ihr rechtes Vorderbein verbunden trug, und er fragte teilnahmsvoll: »Ist Ihnen etwas zugestoßen, Madame Miaula?«

Die Gräfin auf und zu Dachhausen wollte etwas antworten, fand aber nicht sogleich das rechte Wort, weshalb an ihrer Stelle der rote Baron antwortete: »Meiner alten Freundin ist es peinlich, Sie aufzuklären. Bescheiden wie sie ist, möchte sie Ihnen nicht sagen, auf welche Weise sie ihre rechte Vorderpfote verloren hat. Sie hat sie nämlich nicht eigentlich verloren, sondern verschenkt.«

»Was, ihre Pfote?«

»Ja«, fuhr der Fuchs fort, »es klingt unwahrscheinlich, ist aber nichts als die lauterste Wahrheit.«

»Ach, bitte, mach doch kein solches Wesen um die Kleinigkeit!« fiel Madame Miaula ein.

»Nein: Ehre wem Ehre gebührt!« entgegnete der Fuchs. »Unser Freund soll sehen, daß es auch noch Opfermut auf Erden gibt! Doch ich will kurz und schlicht sein und keine großen Worte machen. Also denn: Madame Miaula ist nicht imstande, an einem Bettler vorüberzugehen, ohne ihm ein Almosen zu spenden, und so war sie heute früh in großer Verlegenheit, als wir einem hungrigen Wolf begegneten, der erklärte, seit drei Tagen keinen Löffel Suppe, geschweige denn Fleisch, gegessen zu haben. Denn, leider, sie hatte, ebenso wie ich, nichts Eßbares oder gar Geld bei sich...«

»Und da hat sie...?!« fragte verwundert das Kasperle.

»Ja, mein Freund, da hat sie sich selbst die rechte Pfote abgebissen, um damit den Hunger des armen und elenden, aber offenbar würdigen Wolfes zu stillen.«

Zäpfel Kern, hingerissen von so viel Nächstenliebe, beugte sich hinab und küßte ehrerbietig die nicht mehr vorhandene Pfote der edlen Dame und sprach: »Wenn alle Katzen so dächten, wäre es ein Vergnügen, als Maus auf die Welt zu kommen.«

Madame Miaula aber, um dem Gespräch eine andere Wendung zu geben, fragte. »Und nun sind Sie gewiß auf dem Wege nach dem Schlaraffenland?«

»Vorausgesetzt, daß jene Schurken Ihnen nicht wirklich Ihr Geld abgenommen haben«, fügte lauernd der Fuchs hinzu.

Zäpfel Kern aber antwortete. »Drei Goldstücke hat mir ein nicht minder großer Räuber abgenommen, der Wirt des Lokals ›Zum gespickten Heupferd‹, aber zwei habe ich noch, und diese werde ich, so Gott will, meinem guten Meister überreichen.«

»Lumpige 40 Mark?« meinte der Fuchs.

»Das lohnt doch nicht der Mühe«, lispelte die Katze.

Und der Fuchs setzte hinzu: »Wo Sie jetzt so nahe am Schlaraffenland sind!«

»Vielleicht gehe ich morgen mit meinem Meister hin«, erklärte Zäpfel Kern.

»Morgen wird es leider keinen Zweck mehr haben«, sagte Baron Alopex.

»Wieso?« fragte Zäpfel Kern.

»Weil von morgen ab Baron Rothschild das mit guten Vorsätzen gedüngte Feld gepachtet hat.«

»Wie schade!« meinte Zäpfel Kern.

»Allerdings!« sagte der Fuchs. Es sind aber nur kümmerliche zwei Kilometer bis an die Grenze. In einer halben Stunde können wir dort sein, wenn wir uns gleich auf den Weg machen. Und in einer weiteren halben Stunde haben Sie fünfzigtausend Mark.«

Die zwei Worte »fünfzigtausend Mark« genügten, um unserem Kasperle seinen Holzkopf wieder vollständig zu verdrehen. Er tat alle Gegenerwägungen beiseite und sagte kurz: »Also gut! Gehen wir! Aber schnell!«

Und sie gingen.

Der Weg zog sich indessen doch mehr in die Länge, als Zäpfel Kern gedacht hatte. Aber nach Verlauf von drei Stunden kamen sie wirklich an eine Landesgrenze, die von einer großen Schar Bluthunde bewacht wurde, die gar nicht angenehm aussahen. Doch der Fuchs brauchte nur mit den Augen zu zwinkern, und die Zollsoldaten ließen die drei durch, nicht ohne jedem eine dicke Zollplombe angeheftet zu haben, der Katze und dem Fuchs an den Schwanz, Zäpfel Kern an die Nase.

»Das ist das Schlaraffenland?« fragte erstaunt das Kasperle.

»Jawohl!« antwortete kurz der Fuchs.

Zäpfel Kern hatte sich das Schlaraffenland ganz anders vorgestellt: Üppig, lustig, voll Scherz und Tanz und Schmauserei, ein Land der ewigen Kirmes und Heiterkeit. Statt dessen bot die Stadt, in die sie nun kamen, ein Bild des Jammers, der Armut, des bittersten Elends. Halb verhungerte Kaninchen und Hunde krochen bettelnd in den öden Straßen herum zwischen Hühnern und Gänsen, die vergeblich nach einem Körnchen, einem Grashalm suchten. Auch ein paar jämmerliche Fasanen waren zu sehen, aber ihre bunten Schweife waren ihnen ausgerissen. Desgleichen humpelten entsetzlich magere Pfauen die Straßen entlang, die kein Rad mehr schlagen konnten, weil auch sie keine Schwanzfedern mehr hatten. Dagegen fuhren in prächtigen Kutschen große Wölfe umher, auf deren Mützen die Fasanen- und Pfauenfedern prangten. Aber keiner dieser dicken Equipagenbesitzer hatte auch nur einen Blick für das arme Volk.

»Diese Stadt ist mir höchst unsympathisch«, meinte Zäpfel Kern, »machen wir, daß wir hinauskommen.«

»Gleich hinter ihr liegt das berühmte Feld!« sagte der Fuchs.

Und richtig, wie sie die Stadt hinter sich hatten, lag ein weiter, steiniger, kahler Acker vor ihnen.

»Gut gedüngt sieht das nicht aus«, meinte Zäpfel.

»Natürlich, weil gute Vorsätze ein unsichtbares Düngemittel sind und ihre Wirkungen mehr innerlich haben. Daß sie aber wirken, wirst du gleich merken, wenn du tust, wie ich dir gestern gesagt habe.«

Und Zäpfel Kern tat treulich nach des Fuchses Rezept: er grub zwei Löcher in die Erde, schön weit auseinander, damit die Zwanzigmarkbäume Platz hätten, sich auszubreiten, tat seine zwei letzten Goldstücke hinein, warf Erde darauf, streute Salz darüber, holte in seinem Zuckertütenhut Wasser, goß es darauf, wackelte ernsthaft wie ein Hexenmeister mit dem Kopf und sagte höchst feierlich:

>>Erde und Salz!
Wasser und Schmalz!
Pinkus!
Gold und Quark!
Hunderttausend Mark!<<

>>Halt!<< rief der Fuchs. Jetzt mußt du sagen: Fünfzigtausend Mark!<<

>>Schade!<< meinte Zäpfel, aber er wiederholte:

>>Erde und Salz!
Wasser und Schmalz!
Pinkus!
Gold und Quark!
Fünfzigtausend Mark!
Pinkus!<<

Dann fragte er, ganz rot vor Aufregung: >>Und was muß ich jetzt tun?<<

>>Spazierengehen<<, antwortete der Fuchs und rieb sich die Pfoten, >>ein halbes Stündchen in der Stadt spazierengehen. Da wir dort Freunde haben, tun wir desgleichen. Doch haben wir nicht dieselbe Richtung. Wir müssen, rechts, du links!<<

>>Aber hoffentlich sehen wir uns doch wieder, wenn ich das Geld habe<<, sagte Zäpfel Kern. >>Ich möchte euch doch gerne was abgeben, als Dank für den guten Rat!<<

>>Du beleidigst uns!<< sagte der Fuchs streng.

>>Du hältst uns für gemeine Seelen!<< miaute die Katze empört.<<

>>Wir gehören zu der leider aussterbenden Rasse der selbstlosen Wesen, die, was sie tun, aus gutem Herzen und nicht um eines Vor-

teils willen tun!« fügten beide mit frommem Augenaufschlag gleichzeitig hinzu und trotteten gemächlich ab, einem kleinen Wäldchen vor der Stadt zu.

Von weitem aber rief der Fuchs, indem er die Pfoten an den Mund legte: »Vergiß die Goldsäcke nicht!«

Und die Katze schrie: »Und die Ochsen!«

»Ochsen!« schallte es im Echo aus dem Wald,

»Ochsen! Ochsen! Ochsen!« klang es noch dreimal dorther.

Zäpfel Kern aber ging nachdenklich in die unsympathische Stadt zurück.

Er ging, da er keine Uhr besaß und seine Fünfzigtausend-Mark-Ernte um keinen Preis auch nur eine Minute zu spät beginnen wollte, auf den Marktplatz der Stadt, wo ein Uhrturm stand, und behielt die Uhr genau im Auge. Trotzdem sah er mancherlei, das sein Erstaunen erregte.

Zum Beispiel: Ein sehr böse aussehender Wolf packte mitten auf dem Marktplatz einen jungen Goldfasan, der noch seine Schwanzfedern hatte, am Genick und riß ihm die besten Federn aus. Der Fasan schrie fürchterlich, das Volk: Hühner, Gänse, Hunde, Kaninchen usw. lief zusammen und schrie gleichfalls. Da winkte der Wolf einen in der Nähe stehenden Polizisten herbei, eine entsetzlich aussehende Bulldogge.

Was? dachte Zäpfel Kern, der Räuber zeigt sich selber an?

Aber er hatte sich geirrt. Der Wolf knurrte: »Schaff' Er mir das Gesindel vom Leib. Es belästigt mich. Und steck' Er diesen unverschämten Fasan ein. Der Bursche wagte aufzumucken, weil ich mir kraft meines Rechts des Stärkeren eine an ihm befindliche Schmuckfeder angeeignet habe. Melde Er das Seiner Gestrengen, dem Herrn Staatsanwalt Schakal.«

Die Bulldogge nahm den kreischenden Fasan zwischen die Zähne und schleppte ihn davon. Zäpfel Kern wandte sich an einen Schäferhund, dem beinahe die Rippen durchs Fell stachen, so dürr war er, und fragte: »Entschuldigen Sie, Herr Schäferhund, geht das bei Ihnen immer so zu, daß der Beraubte eingesperrt wird und der Räuber mit seiner Beute unbehelligt davongeht?«

»Pscht! Pscht!« antwortete der Schäferhund, »nicht so laut! Wenn uns wer hörte! Räuber! Beraubte! Nicht doch! Der Herr Wolf hat nur sein Recht ausgeübt und der dumme Fasan hätte ihm dafür die Pfote küssen sollen. So bestimmt es das Gesetz in Hurrasien.«

»Das ist hier also nicht das Schlaraffenland?«

»Pfui! Wie können Sie nur so spotten! Sie befinden sich im Reiche Hurrasien, das unter der glorreichen Regierung Seiner Majestät des Kaisers Frißall wunderbar blüht und gedeiht, wie Sie sehen.«

»Ihnen sehe ich das nicht an, mein Lieber.«

»Natürlich nicht, ich bin auch kein Raubtier. Und Hurrasien ist der Raubtierstaat, in dem es nur auf das Gedeihen der adligen Raubtierrassen ankommt. Wir anderen sind zum Hungern da, damit die edlen Herren von Reißzahl und Klaue es erst recht angenehm merken, wie lieblich es ist, wenn man den Bauch voll hat.«

»Das ist aber doch gemein und niederträchtig!« rief Zäpfel empört aus.

Kaum hatte er dies gesagt, so drückte sich der Schäferhund scheu davon, wie wenn er fürchtete, durch die Nähe Zäpfel Kerns eine gefährliche Krankheit zu bekommen.

Indessen war der Zeiger an der Turmuhr soweit vorgerückt, daß es Zäpfel an der Zeit fand, auf das Feld zurückzukehren. Die Säcke und Ochsen gedachte er sich später für einige seiner Goldstücke einzuhandeln.

Je näher er dem Feld kam, um so heftiger arbeitete seine Phantasie.

»Wer weiß«, sagte er zu sich selber, »ob heuer nicht ein besonders gutes Jahr für Zwanzigmarkstücke ist! Dann könnte es vielleicht doch sein, daß ich statt fünfzigtausend Mark sechzigtausend Mark ernte oder gar siebzigtausend Mark? Ach, es könnten sogar achtzigtausend, ja hunderttausend Mark sein! Die Witterung ist, wie mir scheint, sehr günstig für das Gedeihen von Zwanzigmarkstücken... Hm! ja!... Und was fange ich dann mit dem vielen Geld an? Natürlich, zuerst des Meisters Rock! Das versteht sich. Und fürs Schwesterchen lasse ich mich photographieren, denn sonst hat sie alles. Für mich aber? Ein kleines Auto? Natürlich! Und ein lenkbares Luftschiff! und eine Bibliothek! Aber in den Büchern statt der Blätter lauter Kuchen und Bonbons!«

Unter diesen angenehmen Vorstellungen war er auf dem Feld angekommen, und nun sah er sich sogleich nach seinen Nußbäumen um. Da er mit bloßem Auge keine erblickte, so legte er die Hände wie ein Fernrohr an die Augen, aber auch auf diese verschmitzte Weise wollte es ihm nicht gelingen, einen Nußbaum zu entdecken.

»Vielleicht bin ich zu früh daran, und sie sind noch ganz klein«, sagte er sich und rannte zu der Stelle, wo er die Zwanzigmarkstücke versteckt hatte. – Aber es war noch nicht das geringste Triebchen sichtbar.

»Hm!« machte er und kraute sich hinter den Ohren, obwohl er wußte, daß das nicht anständig ist.

Da hörte er deutlich lachen: »Hihihihihihihi!«, drehte sich um und sah hinter sich auf einem Galgen einen Papagei sitzen.

»Lach nicht so dumm!« schrie er den Papagei an. »Du hast gerade Ursache, du mit deinen paar struppigen Federn.«

»Immer noch mehr als du!« kicherte der Papagei.

»Das werden wir gleich sehen!« entgegnete das Kasperle, lief zum Brunnen, holte eine Handvoll Wasser und begoß nochmals seine Zwanzigmarkstücke.

»Hihihi! Hilft alles ni-ni-ni-nix!« lachte wieder der freche Vogel.

»Wieso?«

»Geld wächst nicht von Wasser, sondern von Schweiß.«

»Was heißt das?«

»Das heißt: Geld will verdient sein.

> Wer ohne Mühe will Geld gewinnen,
> Verfällt oft Schwindlern und Schwindlerinnen,
> Kriegt nix dazu, verliert, was er hat.
> Hihihihihi!, d i e Rechnung ist glatt.«

Zäpfel Kern wurde von einer schrecklichen Ahnung erfaßt. Er stotterte: »De... de... denkst du am E... E... Ende, mein Ge... Ge... Geld ist fu..... fu... futsch?«

»Ich würde sagen, daß es beim Kuckuck wäre, wenn ich nicht wüßte, daß es beim Fuchs und bei der Katze ist.«

Zäpfel Kern bekam wieder einmal Krebsaugen, stürzte sich mit seiner ganzen Länge auf die Erde, grub zwei Löcher, groß genug, zwei Esel zu begraben und sich dazu, fand aber nichts als einen Zettel, den sich das dumme Kasperle von dem gescheiten Papagei vorlesen lassen mußte, weil es selber ja immer noch nicht lesen konnte:

> »Von Seiner Durchlaucht dem Prinzen Schafs-
> zipfel Zäpfel Kern 40 Mark bar und richtig als
>
> Dummheitssteuer
>
> und Belehrung für eifrig geleistete Arbeit in
> der Schenke ›Zum gespickten Heuschreck‹ so-
> wie als Honorar für den Unterricht im Zappeln
> am Eichenbaume empfangen zu haben bestäti-
> gen hiermit bestens dankend und mit der Bitte
> um weitere Beschäftigung
>
> Alopex Opex Pix Pax Pux Fuchs Freiherr von
> Gänseklein auf Hühnersteig
>
> Miaula Gräfin Mietsinsky auf und zu Dach-
> hausen
>
> Am 1. Ochstober des Jahres, in dem das
> dümmste Kasperle Europas auf die Welt ge-
> kommen ist.«

»Oh, diese Schurken«, rief Zäpfel Kern aus und rannte mit dem Zettel in die Stadt, keinen andern Gedanken im Kopf als den, sein Recht beim Richter zu suchen.

Ein düsteres schwarzes, von Bulldoggen bewachtes Gebäude wurde ihm als das Reichsgericht von Hurrasien bezeichnet.

»Was will Er?« bellte ihn eine zähnefletschende Bulldogge an.

»Mein Recht!« rief Zäpfel.

»Worum handelt es sich?«

»Um Raub, Betrug, Diebstahl, Schurkerei und Schufterei –«

»Das ist das Ressort des Obertribunalrats Gorilla. Drei Treppen links, Zimmer 7896.«

Zäpfel fiel mehr die Treppen hinauf, als er sie hinaufstieg. Am Zimmer 7896 klopfte er an.

»Herein!« schrie eine heisere Stimme.

Zäpfel Kern, noch ganz keuchend, trat ein. Das, was er erblickte, war nicht geeignet, ihm Vertrauen einzuflößen. Auf einem Tisch, der ganz mit abgenagten Knochen und unzähligen Büchern bedeckt war, saß in einem ungeheuren Tintenfaß ein kolossaler rotzottiger und entgegen aller Naturgeschichte langschwänziger Gorilla, der mit seinem buschigen Schwanz emsig schrieb. Auf dem Kopf hatte er ein schwarzes Barett, vor den triefenden Augen eine goldene Brille ohne Gläser.

»Was will Er?« kreischte ihn der Gorilla an.

»Mein Recht!« rief Zäpfel und legte den Zettel auf den Tisch.

»Warum nimmt Er sich's nicht?«

»Ich bin beraubt, bestohlen, betrogen, hintergangen!«

»Bravo!«

»Mein Vertrauen ist auf scheußliche Weise von Baron Alopex und Gräfin Mietsinsky getäuscht worden.«

Der Gorilla nahm respektvoll sein Barett ab und sprach: »Ehre, wem Ehre gebührt! Preise Er sich glücklich, so vornehmen Leuten Gelegenheit gegeben zu haben, ihren Witz zu zeigen.«

»Was? Glücklich preisen soll ich mich? Ich verlange, daß die Schurken bestraft werden.«

»E i n e n Monat!« rief der Gorilla, tunkte seinen Schwanz in die Tinte und machte eine Notiz.

»Ich verlange, daß die Elenden gehängt werden.«

»Z w e i Monate!« rief der Gorilla und tat wie vorhin.

»Und mein Geld will ich wiederhaben!«

»Einen Monat!« rief der Gorilla, machte nochmals eine Schwanznotiz und sprach dann: »Noch was?«

»Weiter verlange ich nichts«, entgegnete Zäpfel Kern.

»Macht also zusammen vier Monate«, sagte der Gorilla, drückte auf einen Knopf und befahl zwei darauf eintretenden Bulldoggen: »Fesselt diesen Verbrecher und werft ihn ins Loch! Ich diktiere ihm vier Monate strengen Kerker zu wegen Ausstoßung gröblicher Schimpfnamen und Beleidigungen gegen zwei Edelleute sowie wegen unverschämten Begehrens, gerichtet auf Zurückerstattung einer Summe, die ihm rechtmäßig abgenommen worden ist. Im Namen Seiner Majestät Frißall! Punktum! Streusand drauf!«

Zäpfel Kern wollte protestieren, aber die Bulldoggen machten kurzen Prozeß und schnitten ihm das Wort ab, indem sie ihm einen faustgroßen Knebel in den Mund steckten. Dann führten sie ihn in einen unterirdischen Kerker, in dem er das Vergnügen hatte, vier Monate bei faulem Wasser und schimmligem Brot in Gesellschaft von Skorpionen, Spinnen, Tausendfüßlern und zwei ebenso dicken wie übelriechenden Ratten zuzubringen.

Nach genau vier Monaten (auch um keinen Tag weniger) erhielt Zäpfel Kern einen Tritt auf den Teil des Körpers, den er jetzt am meisten benutzt hatte, und einen Ausweisungsbefehl aus dem Land Hurrasien. Darüber war er gar nicht böse, denn dieses Land war ihm schon recht zuwider, und mit einem wahren Vergnügen ließ er sich die Zollplombe von der Nase abnehmen.

Wie immer, wenn er etwas Unangenehmes überstanden hatte, war er jetzt von guten Vorsätzen angefüllt, daß es ihm ganz schwer davon im Magen war. Nichtsdestoweniger lief er schnell und munter des Wegs dahin, der ihn nach seiner Meinung nach dem Schloß der Fee führen mußte.

Da es offenbar monatelang geregnet hatte, war dieser Weg fußhoch mit Schlamm bedeckt. Aber was macht das einem Kasperle in Holzrindenschuhen?

Spaß machte es ihm. Je mehr der Schlamm um ihn herumspritzte, desto tiefer patschte er hinein und sang dazu:

»Jetzt geht's zu meinem Schwesterlein, hurra!

Nun will ich immer artig sein, hurra!
Und hab' ich auch kein Geld im Sack,
Mein Herz geht dennoch ticketack.
Froh sein wird mein Meister, ja,
Den ich so lang nicht sah.
Hurra! Hurra! Hurra!«

Aber das letzte Hurra blieb ihm im Halse stecken, als er plötzlich dicht vor sich mitten auf der Straße eine ungeheure Schlange liegen sah, die durchaus nicht Miene machte, ihm Platz zu machen. Mit einem seiner berühmten Kasperlesprünge machte er einen Satz von drei Metern nach rückwärts.

»So ein Biest«, murmelte er vor sich hin. »Das ist gewiß der Wappendrachen von Hurrasien, der sich hierher verirrt hat. Diese roten, glühenden Augen! Pfui Teufel! Und ganz grün ist sie! Ekelhaft. Ich möchte nur wissen, wozu aus ihrem Schwanz Rauch kommt? Es stinkt ganz nach Schwefel.«

Und er dachte an den Duft der Ananaskügelchen von Frau Dschemma, und seine Sehnsucht, zu seinem Schwesterchen zu kommen, wurde immer größer. Aber die Schlange rührte sich nicht vom Fleck.

Da faßte sich Zäpfel Kern ein Herz und flüsterte:

»Sie, Frau Schlange, geben Sie doch ein bißchen auf die Seite! Mein Meister wartet auf mich.«

Die Schlange gähnte und hielt nicht einmal die Hand vor den Mund, was ihr aber zu verzeihen war, da sie keine hatte. Einer Antwort würdigte sie aber das Kasperle nicht, noch weniger ging sie auf die Seite.

Und Zäpfel sprach: »Das ist doch keine Manier, so den Weg zu versperren! Es ist doch anderswo Platz genug! Und mein armer guter Meister muß deswegen vor Warten schwarz werden!«

Die Schlange gähnte nochmals. Dann machte sie die Augen zu, ringelte sich noch enger zusammen, blies den Rauch an ihrem Schwanz aus und schien entweder sterben oder doch wenigstens schlafen zu wollen.

Das schien Zäpfel Kern das Gescheiteste, was sie tun konnte, und er beschloß, auf den Fußspitzen näherzugehen und dann über den Knäuel wegzuspringen. Schlich also leise herbei und setzte zum Sprung an.

Da riß die Schlange ihr Maul wie ein Scheunentor auf und machte: »Cham!«, und Zäpfel Kern schlug vor höchstem Entsetzen einen noch nie dagewesenen Purzelbaum, der zur Folge hatte, daß er mit dem Kopf in den Schlamm fuhr, während seine Beine wie rasend in der Luft herumzappelten.

Dieser Anblick war selbst für eine schlechtgelaunte Riesenschlange zuviel. Statt das Kasperle zu verschlingen brach sie in ein krampfhaftes Gelächter aus.

Zäpfel Kern hielt das für Wutgeheul und strampelte noch heftiger. Und da konnte die Schlange, so unangenehm ihr das auch war, nicht anders: sie mußte sich totlachen. Selbst, als sie schon tot war, krümmte sich ihr Leib noch immer weiter.

Zäpfel Kern aber, als es still geworden war, zog seinen Kopf, der jetzt nicht wie Mandelmilch aussah, aus dem Schlamm und rannte, was ihn seine Zappelbeine tragen konnten, davon.

Als er endlich wagte stillzustehen, hatte es schon zu dunkeln begonnen, aber seine Nase verriet ihm, daß er sich jetzt in einer angenehmeren Gegend befand. Er hob sein Näslein schnüffelnd hoch und machte:

»M! m! m! Täuscht mich meine Nase nicht, so sind hier Borsdorfer Apfel in der Nähe.«

Und richtig! Ein ganzer Baum hing voll davon, nicht zwei Schritte weit weg von ihm.

»Das ist fein!« dachte sich Zäpfel und machte sich kein Gewissen daraus, mit der festen Absicht, ein paar Äpfel zu mausen, auf den Baum zuzugehen. Da, au! krack! fühlte er etwas an seinen Füßen zuschnappen.

Er saß in einem Fußeisen fest, das ein Bauer für die Marder aufgestellt hatte, die allzu häufig seinen Hühnerstall mit ihrem Besuch beehrten.

Das Kasperle schrie, brüllte, quietschte, heulte, bis es ganz heiser wurde, aber es schien, als wäre meilenweit keine menschliche Seele, ihn zu hören und zu befreien.

Die Nacht kam heran, sonst niemand.

Aber die Nacht ist keine angenehme Gesellschafterin für einen, der in eine Marderfalle geraten ist, und es war noch dazu eine stockfinstere Nacht, denn der Mond, der hinter einem kleinen Wald aufgegangen war und eigentlich die Pflicht hatte zu leuchten, war in einen großen schwarzen Wolkensack gekrochen, wo er zu schnarchen begann. Wenigstens hielt Zäpfel Kern das Windgestöhn in den Apfelbäumen für das Schnarchen des Mondes.

Und Zäpfel Kern wimmerte vor sich hin: »Wenn ich doch auch schlafen dürfte! Diese gequetschte Stellung zwischen zwei Tellereisen ist furchtbar ermüdend. Und Hunger hab' ich auch! Und zu den Äpfeln kann ich nicht. Ach, Schwesterchen, wenn du wüßtest, wie es deinem Brüderchen geht!«

»Sie weiß es!« erklang eine holde Stimme.

»Bist du da, Schwesterchen?« flüsterte Zäpfel entzückt und erschreckt.

»Mein Herz ist immer bei dir.«

»Warum hilfst du mir denn nicht?«

»Weil es gut für dich ist, etwas auszustehen.«

»Danke schön. Das finde ich gar nicht!«

»Und weil du mit R e c h t in das Eisen geraten bist.«

»Ich bin nicht bloß mit dem r e c h t e n , sondern auch mit dem linken Fuß hineingeraten.«

»Tu nicht so, als verständest du mich nicht! Du hast Äpfel stehlen wollen, und dafür sitzt du jetzt in der Falle.«

»Falsch! ich stehe darin! Sitzen wäre bequemer.«

»Ich höre mit Vergnügen, daß du noch bei guter Laune bist, mein witziges Kasperle. Hoffentlich verlierst du sie nicht. Gute Nacht!«

Der Ananasgeruch, der während dieser Unterhaltung die Luft erfüllt hatte, verschwand, und Zäpfel hörte nichts weiter als das, was er für das Schnarchen des Mondes hielt.

Doch nein... Kamen da nicht Schritte...? Knackten nicht Zweige?

Und Zäpfel rief: »Hierher! Hierher! Bitte etwas schneller!«

»Na, na!« ertönte eine Stimme, »nur nicht so ungeduldig, Herr Mausehaken! Diesmal scheint es ein zweibeiniger Marder zu sein.«

»Kein Marder!« schrie Zäpfel, »ein Kasperle!«

Da fiel das Licht einer Laterne auf ihn, und eine derbe Faust packte ihn am Schlafittchen.

»Nicht so grob!« schrie Zäpfel Kern.

»Denkst du, ich ziehe mir Glacéhandschuhe an, wenn ich einen Hühnerdieb packe?« sagte der Bauer.

»Hühnerdieb? Das müßte ich mir denn doch verbitten! Ich hab' mir bloß ein paar Äpfel nehmen wollen.«

»Mit Äpfeln fängt man an und mit Hühnern hört man auf, wenn man nicht noch weiter geht im Stehlen«, erklärte der Bauer.

»So mach doch endlich diese ekelhafte Falle auf!« schrie Zäpfel, »und laß meinen Hals los! Oben und unten in der Klemme zu sitzen ist ein bißchen viel.«

»Du meinst vielleicht, du imponierst mir mit deiner Frechheit?« sagte der Bauer, indem er die Falle öffnete, »aber da irrst du dich gewaltige. Redensarten mach' ich nicht viel. Aber kirre kriege ich dich doch. Heute Nacht wirst du so freundlich sein und meinen Hühnerstall bewachen.«

»Ich?«

»Ja, du, wenn du nichts dagegen hast!«

»Ich habe sehr viel dagegen.'

»Das freut mich, denn je mehr du dich erzürnst, um so mehr macht mir's Spaß.«

Bei diesen Worten nahm der Bauer das Kasperle unter'n Arm wie ein Stück Holz und trug es fort.

An seinem Hause angekommen, legte er ihm ein Hundehalsband um den Hals, das entsetzlich eng anlag, schloß eine Kette daran, befestigte die Kette an der Hundehütte und sagte: »So, mein Herr Kasperle, und hiermit ernenne ich dich zum Nachfolger meines guten Phylax, der leider heute gestorben ist. Hoffentlich hast du mehr Glück als er in der Bewachung des Hühnerhauses. Behalte mir das nur ja gut im Auge! Und wenn die Marder kommen, so belle tüchtig. Kannst du bellen?«

»Jawohl: Wau-wau-wau! Woff-woff-woff!«

»Sehr gut! Ausgezeichnet! – Wenn's regnet, darfst du übrigens in die Hundehütte aufs Stroh kriechen! Aber nicht einschlafen! Sonst...!«

Und er machte eine unangenehme Handbewegung, deren Bedeutung dem Kasperle nicht fremd war.

Dann ging der Bauer langsam in sein Haus, und Zäpfel Kern konnte durch die Fenster sehen, wie er sich recht gemütlich ins Bett legte.

»Und ich!« sprach Zäpfel Kern zu sich selber, »und ich, das Geschöpf eines Künstlers, der Bruder einer Fee, ein Kasperle, über das ein Buch geschrieben werden soll, – ich hänge an einer Hundehütte. Tiefer kann ein Wesen von Intelligenz nicht sinken. Aber mir geschieht ganz recht! Nur meine dumme Unfolgsamkeit ist schuld daran, mein ewiges Weglaufen, meine Habgier, meine Trägheit!«

Und wieder einmal nahm er sich ernstlich vor, künftighin gescheiter und brav zu sein, so brav, oh, so brav...

Obwohl Zäpfel Kern sehr müde war, hielt er es doch für geraten, nicht zu schlafen. Erstens wegen dieser deutlichen Handbewegung des Bauersmannes und zweitens, weil es ihm unmöglich war, im Stehen zu schlafen wie ein Pferd; sich auf das Stroh in die Hundehütte zu legen dünkte ihn aber eines Feenbruders schlechterdings unwürdig. Die angemessenste Stellung, die er jetzt einnehmen konnte, schien ihm die zu sein, daß er sich wie ein Reiter auf das Dach der Hundehütte setzte. Bequem war der Sitz ja nicht, da das Dach sehr spitz zulief, aber er verlieh dem Kasperle doch ein stolzes Ansehen, und Zäpfel Kern konnte sich nun wenigstens einbilden, eine anständige Stellung innezuhaben. Von dieser Möglichkeit machte er, da er, wie wir wissen, von seinem Meister eine reiche Phantasie geerbt hatte, sofort ausgiebigen Gebrauch. Es dauerte nicht lange, und er ritt auf seiner Hundehütte in den schönsten Gegenden einer üppigen Einbildung spazieren, nun schon nicht der Nachfolger eines Hofhundes mehr, angelegt an eine Hundehütte, sondern ein herrlicher, kühner Ritter auf einem kostbaren arabischen Schimmelhengst. Sein schönstes Abenteuer in der Einbildung war, wie er Frau Dschemma aus den Händen des entsetzlichen Obertribunalrats Gorilla rettete, der sie in seinem ungeheuren Tintenfaß ersäufen wollte. Mit lautem Hurra und nicht zu überbietendem Genuß rannte er dem verhaßten richterlichen Affen seine goldene Lanze in den Bauch und war eben dabei, das riesige Tintenfaß umzuwerfen – da... was war das?... Hörte er nicht wispern?... raunen?... rascheln?

Er kehrte mit äußerster Geschwindigkeit aus dem bunten Reich der Phantasie in die kohlpechrabenschwarze Wirklichkeit zurück, und war durchaus nicht mehr Ritter, sondern ganz und gar Phylax der Zweite.

Kein Zweifel: in seiner Nähe wurde geredet! Aber wer redete? In dieser Finsternis, bei diesem Mond, der, statt zu leuchten, schlief, war ja nichts zu sehen... Oder doch?... Waren da nicht vier Katzen?

Zäpfel Kern, der, wie man sich denken kann, auf Katzen nicht sehr gut zu sprechen war, hatte ein Gefühl, als wäre er durch das Hundehalsband wirklich ein Hund geworden, und er stellte es sich als eine große Annehmlichkeit vor, allen vieren den Hals umzudrehen.

Als sich aber eine der langen, schlanken, dunklen Gestalten von den übrigen loslöste und auf unhörbaren Pfoten zur Hundehütte geschlichen kam, da merkte er, daß es doch keine Katzen waren, und es würde ihm zur Gewißheit, daß er es mit Angehörigen der Familie Marder zu tun hatte, also mit den Dieben, die er erwischen sollte. Die Wichtigkeit des Augenblicks erdrückte ihn schier. Jetzt galt es zu beweisen, wieviel Grütze im Holzkopf und wieviel Mut im Herzen eines Kasperle stecken.

Zäpfel rührte und regte sich nicht, es schien, als wäre seine Hundehütte ein Denkmalsroß aus Bronze und er ein bronzener Ritter darauf.

Der Marder, mit dem Bauch fast den Boden berührend und vorsichtig mit seiner kleinen Nase schnuppernd, kroch fast bis zum Loch der Hundehütte heran, dann pfiff er leise. Als keine Antwort erfolgte, flüsterte er: »Phylax, schläfst du?«

»Nein!« antwortete in demselben Flüsterton Zäpfel Kern.

Der Marder stutzte, denn er hatte sofort bemerkt, daß das nicht Phylax war, der geantwortet hatte. Er fragte: »Bist du nicht Phylax?«

»Nein!« antwortete das Kasperle.

»Wer bist du denn?«

»Zäpfel Kern.«

»Ah! große Ehre! Aber was machst du denn hier?«

»Ich bin zum Nachfolger des Phylax ernannt worden.«

»Hat Phylax denn gekündigt?«

»Phylax ist tot.«

»Was? Ach! Wie schade! Er war so ein guter Kerl, und es ließ sich so gut mit ihm auskommen... Hm... Aber du wirst sicher ebenso gescheit sein wie er und diesen Vorteil einsehen. Nicht?«

»Laß hören.«

»Also, mit Phylax haben wir folgenden Vertrag gehabt: wir machten jede Woche einmal dem Hühnerhaus einen Besuch, und Phylax tat, als merkte er nichts. Dafür erhielt er von den acht Hühnchen, die wir stahlen, jedesmal eins. Wohlgemerkt: schon gerupft und ausgenommen, weil Hunde das nicht so verstehen wie wir.«

»Ein feines Geschäft!«

»Nicht wahr? – Willst du in den Vertrag eintreten?«

Zäpfel Kern überlegte. Dann antwortete er: »Gut! Ich nehme euern Vorschlag an. Aber wehe euch, wenn ihr mir kein Hühnchen gebt!«

»Aber, ich bitte dich!« entgegnete der Marder. »Ein Vertrag ist doch ein Vertrag! Aber du mußt uns das Hühnerhaus aufriegeln.«

Zäpfel Kern schwang sich von seinem hölzernen Roß und hob den Riegel der Hühnerhaustür zurück. Schlupp – schlupp – schlupp – schlupp krochen die vier Marder hinein, unhörbar wie Schatten.

Kaum aber waren sie drin, schob, klapp, das Kasperle den Riegel wieder vor, hob wie ein Hund, wenn er bellt die Nase hoch und durchbrach die Stille der Nacht mit einem meisterhaft echten »wau! wau! wau! wau! woff! woff! woff! woff!«

»Verräter!« zischten die gefangenen Marder und versuchten vergebens, die Tür zu durchbeißen. Schon aber kam mit großen Schritten der Bauer und rief: »Hast du sie?«

»Ja! Alle viere!« antwortete stolz Zäpfel Kern und setzte sich wieder brav in den Sattel.

»Das ist brav!« rief der Bauer, »du bist ein Mordskerl!« und kroch in den Hühnerstall. Nach einigem Lärm und Hin und Her darin erschien er wieder und trug in einem Sack die vier Diebe, an die er folgende Ansprache hielt: »So geht's auf der Welt! Ihr gedachtet, meine Hühner zu fressen, und nun werde ich euch verspeisen. Meine Frau Karline versteht sich auf Marderbraten in saurer Sahnesoße wie keine andere Bäuerin. Und Zäpfel Kern kriegt zum Lohn eine Pelzjacke aus euren Fellen für den Winter und einen Schwanz als Schmuck auf seinen Hut.«

»Die Freiheit wäre mir lieber«, bemerkte dieser.

»Die erhältst du außerdem, mein Junge. Aber wie ist dir nur gelungen, was meinem guten Phylax nie glücken wollte?«

Das Kasperle, das sehr gesprächig war, hätte für sein Leben gern erzählt, was er von dem guten Phylax wußte, aber seine anständige Gesinnung hinderte ihn, einem Toten Böses nachzusagen, und so beschränkte er sich darauf, einfach zu erklären, er habe sich schlafend gestellt und so die Marder in das Hühnerhaus gelockt. Es war zwar auch gelogen, aber eine anständige Lüge, die niemand wehtat und einem Verstorbenen den guten Ruf rettete. Gerührt nahm ihm der Bauer das Halsband ab, führte ihn in die Apfelkammer, wo sich Zäpfel alle Taschen mit den schönsten Borsdorfer Äpfeln vollstopfen durfte, und ließ ihn dann in einem weichen, warmen Bett schlafen, bis die Sonne aufging.

Als Zäpfel Kern erwachte und sich anziehen wollte, fand er seine Kleider nicht. Er lief in die Nebenstube, sie zu suchen, und gewahrte sie in den Händen der Bäuerin, die eben dabei war, die Jacke mit den Marderfellen zu füttern und mit den Schwänzen einzusäumen. Ein Schwanz war aber bereits an seinem Hut befestigt – wie eine Fahne.

Das gefiel dem Kasperle ausgezeichnet, und als er nun gar spürte, wie warm seine Jacke geworden war, fiel er der Bäuerin um den Hals und sang:

Karline, Karline,
wie warm ist mein Jacket!
Karline, Karline

Wie ist mein Hut so nett!«

Dann kriegte er Kaffee mit viel Zucker, noch einen Sack voll Äpfel, eine schöne Patschhand vom Bauern, einen Kuß von der Bäuerin, erkundigte sich nach dem Weg und lief mit frohem Sinn, jauchzend und mit den Armen schlenkernd, in den frischen Morgen hinaus.

Es stiegen die Lerchen lustig zur Sonne an, und es sah aus, als wollten sie in die Sonne fliegen, so hoch hinauf hoben sie sich ins himmlische Blau, und rechts und links saßen die Hasen beim Frühstück im Kohl und stopften sich die runden Bäuchlein voll und riefen: »Grüß Gott, Zäpfel! Gute Reise, Zäpfel! Grüß deinen Meister, Zäpfel!« Und Zäpfel Kern ließ seinen Marderschwanz im Winde wehen und rannte und rannte heidi, heidi!

Diesmal war er auf der richtigen Straße. Keine drei Stunden vergingen, und er stand vor der großen Eiche, an der er seine Zappelübungen gemacht hatte. Aber er hielt sich nicht lange dort auf, sondern lief mit dem Ruf: »Schwesterchen! Ich bin da!« die Lindenallee hinab zum Schloß.

Zum Schloß? Ja... aber... wo war denn das Schloß?

Keine Spur davon war zu sehen, und nur das Tor lag da, umgestürzt, auf der Erde.

»Um Gottes willen, was ist denn passiert!« schrie Zäpfel und rieb sich die Augen.

Da sangen die geschnitzten Vögel auf dem Tor:

>»Tief in die Erde versank das Schloß,
Versank die Fee mit dem Dienertroß.
Hat alles mitgenommen,
Weil du zu spät gekommen.«

Und auch der gute Meister Zorntiegel war nicht mehr da. Auf der Suche nach Zäpfel war er bis an den Meeresstrand gelangt, hatte ein Boot bestiegen und war aufs Meer hinausgerudert, wo er in einen wilden Sturm geriet. Zäpfel Kern wurde dem Falken der guten Fee in weitem, sausendem Flug ebenfalls an den Meeresstrand gebracht. Er geriet in den gleichen Sturm wie auch sein Meister.

Zäpfel Kern mußte bald einsehen, daß es ein lächerliches Beginnen wäre, mit zwei dünnen Holzärmchen und zwei nicht viel stärkeren Holzbeinchen gegen die Kraft des Ozeans anzukämpfen, der an diesem Tag mit Panzerschiffen Fangeball spielte und Meister Zorntiegels kleinen Kahn längst wer weiß wohin geschleudert hatte. Das Kasperle tat das Gescheiteste, was es tun konnte: es erinnerte sich an seine hölzerne Herkunft und benahm sich ganz einfach wie ein Stück Holz. Es zog sich den Hut mit dem Marderschwanz bis über die Ohren, legte sich auf den Rücken und ließ sich treiben. Mochte das Meer machen, was es wollte, das Kasperle kümmerte sich nicht darum und dachte sich: rumore du nur weiter und wirf mich hin, wohin du Lust hast. Angenehm war es freilich nicht, und das hölzerne Zäpfele wurde bisweilen bös herumgewirbelt. Bald flog es – mit seinem Zuckertütenhut als Spitze – wie ein Pfeil gen

Himmel, bald sauste es, den Kopf nach unten, tief in die Tiefe des Meeres, bald rannte es an einen Fisch an, der deshalb wütende Augen machte, und hatte nicht einmal Zeit, »Entschuldigen Sie!« zu sagen, bald verfilzte es sich mit seinem Marderschwanz in eine Korallenbank. Das Unangenehmste des Unangenehmen aber war die Bekanntschaft, die es gegen seinen Willen mit einem großen Polypen machte. Eine Sturzwelle warf ihn nämlich direkt in dessen meterlange Fangarme, deren das scheußliche Tier etliche hatte, mit denen es unser Kasperle umschnürte, als wäre Zäpfel Kern ein Paket, das mit der Post fortgeschickt werden sollte. Es fehlte ihm auch nicht das Gefühl, als würde es versiegelt, denn an jedem seiner widerlichen glitschigen Fangarme hatte der Polyp eine Art Saugpetschaft, mit dem er sich an Zäpfels Körper festklebte. Zum Glück wurde die große Qualle von einer neuen Welle gegen einen Felsen geschleudert und in tausend Stücke zerrissen, während Zäpfel Kern nur ein Stück seiner Nasenspitze einbüßte.

Aber es ist ganz unmöglich, alles zu erzählen, was unser Kasperle während des Sturms im Meer erduldete, denn dieses Hin und Her und Auf und Ab in den wilden Wellen dauerte den ganzen Tag und die folgende Nacht. Kein Wunder, daß Zäpfel Kern, als er endlich auf den sandigen Strand einer Insel geworfen wurde, laut ausrief: »Na, das war aber auch die höchste Zeit! Wenn ich nur keinen Schnupfen kriege!«

Nicht ohne Mühe paddelte er sich auf den ganz mit Muscheln und kleinen Taschenkrebsen übersäten Sand herauf und seufzte: »Jetzt fehlte nur noch, daß diese Insel von Kasperlefressern bewohnt wäre.« Und er sah sich vorsichtig um. Aber er bemerkte keinen mit Pfeil und Bogen anschleichenden Kannibalen, wohl aber einen Wegweiser, auf dem etwas geschrieben stand. Zäpfel Kern trat an ihn heran und besah sich die Schriftzüge sehr aufmerksam. Dann schüttelte er den Kopf und sprach zu sich: »Das Schreiben ist doch eine sehr sinnreiche Erfindung. Wenn ich jetzt lesen könnte, wüßte ich ganz genau, wohin dieser Weg führt... Aber ich kann n i c h t lesen... Und warum kann ich nicht lesen?! Weil ich nichts als Dummheiten angestellt habe... Verflixte Geschichten!... Es bleibt dabei, daß Professor Doktor Maikäfer recht gehabt hat, hundertmal recht, tausendmal recht... Aber was hilft es mir, daß ich das jetzt erst einsehe!... Ich stehe da wie ein Esel, und wenn niemand kommt, mir das vorzulesen, werde ich auch morgen noch wie ein Esel dastehen.«

Da hörte er hinter sich etwas plätschern, drehte sich um und sah einen großen schönen Delphin, der den Kopf aus den mittlerweile ruhig gewordenen Fluten herausstreckte und ihn groß ansah. Rechts und links aus seinen Nasenlöchern erhob sich ein Springbrunnen, und die hatten das Plätschern hervorgebracht.

Zäpfel Kern nahm höflich seinen Hut ab und sprach: »Guten Morgen, Herr Delphin! Das trifft sich gut, daß Sie gerade hier Ihren schönen Kopf aus dem Wasser stecken. Möchten Sie mir nicht vorlesen, was auf dieser Tafel steht?«

»Kannst du denn nicht selber lesen?« sprach der Delphin und glotzte ihn erstaunt an.

»Nein, ich kann nur Kasperledeutsch lesen«, log Zäpfel Kern.

Da hob der Delphin seinen Schweif aus dem Wasser, peitschte ärgerlich die Wellen damit und schnaubte: »Du willst wohl wieder eine lange Nase haben, he?«

»Nein«, erwiderte Zäpfel frech, »es würde mir genügen, wenn das Stück anwüchse, das ich auf einer Klippe aus Versehen im Meer liegen ließ. Aber ich merke, Sie kommen von meinem Schwesterchen.«

»Allerdings!« antwortete der Delphin, »obwohl du es nicht verdienst, daß sich Frau Dschemma immer noch um dich kümmert, denn du lügst wie gedruckt. Doch es ist nicht meines Amtes, über meine Herrin zu urteilen, und so richte ich einfach aus, was mir aufgetragen ist. Hör zu!«

»Schieß los!« antwortete Zäpfel Kern. Im selben Augenblick hatte er eine solche Ladung Seewasser im Gesicht, daß er umfiel.

»Du scheinst mir auch keinen Spaß zu verstehen«, sagte er, als er sich wieder erhoben hatte.

»Es ist jetzt nicht die Zeit zum Spaßen!« knurrte der Delphin. »Und wenn du noch eine einzige unpassende Bemerkung machst, tauche ich unter. Es bekommt mir ohnehin nicht, so lange Luft zu schnappen.«

Und das Kasperle sagte nun ganz artig: »Ich habe keinen Mund mehr, sondern nur noch Ohren. Verzeihen Sie mir, Onkel Delphin.«

»Also denn! Ich hab dir zu melden, daß du dir keine weiteren Sorgen um deinen Meister machen sollst. Er ist von einem Walfisch verschluckt wenden und befindet sich in dessen Bauch den Umständen angemessen wohl.«

»Gott sei Dank!« rief Zäpfel aus, »aber ich möchte nun diesen Walfisch töten und meinen Papa retten, denn immer kann er doch nicht in einer so feuchten Wohnung bleiben.«

»Du Knirps willst den Walfisch töten?« knurrte der Delphin. »Weißt du denn nicht, daß er so groß ist wie eine kleine Stadt und ein Maul hat von der Ausdehnung eines Bahnhofs, in dem bequem ein paar Güterzüge Platz haben?«

»Ist das möglich?«

»Es ist nicht bloß möglich, sondern eine Tatsache.«

»Und dies Ungetüm ist hier in der Nähe?«

»Ja, es macht diese Küsten unsicher.«

»Dann will ich doch lieber ins Innere des Landes reisen.«

»Das sollst du auch, denn in diesem Land wirst du, so hofft Frau Dschemma, etwas Gutes lernen.«

»Au Backe!« rief Zäpfel.

»Was?« knurrte der Delphin.

»Ich habe nichts gesagt«, stotterte das Kasperle.

Und der Delphin fuhr fort: »Dies ist nämlich die Insel, die den Namen ›Goldboden‹ führt.«

»Ei! Vielleicht wachsen hier die Zwanzigmarkstücke?«

»Unsinn! Sie heißt so, weil hier der Fleiß regiert, und weil davon der Boden goldene Früchte trägt. Die Bewohner dieser Insel kennen nur eine Leidenschaft: Arbeit!«

»Man soll sich aber vor jeder Leidenschaft hüten«, meinte Zäpfel.

»Nicht vor dieser! – Aber jetzt habe ich genug geredet. Der Wegweiser dort weist auf die Straße nach der Hauptstadt des Landes.

Geh nur immer der Nase nach, so wirst du schon zu ihr gelangen. Aber das sage ich dir gleich: ohne zu arbeiten wirst du dort verhungern! Betteln gilt dort nicht!«

»Denkst du denn, ich werde betteln?! Ich? Da kennst du mich schlecht!«

»Um so besser! Leb wohl!« Und mit einem gewaltigen Prusten tauchte der Delphin ins Meer. Zäpfel Kern aber machte sich eilends auf den Weg in die Hauptstadt, wo der Fleiß regiert.

Daß dem so war, merkte er bald. Die sauberen Straßen, an denen schöne Häuser mit herrlichen Läden standen, waren angefüllt mit Leuten, die allesamt offenbar ihrer Arbeit nachgingen. Nirgends ein Müßiggänger. Nirgends ein Bettler. Und alle Leute waren anständig angezogen, obwohl es immer die Tracht der Arbeit war; und jede Arbeit schien geehrt; keine galt für unvornehm. Bei aller hier herrschenden Tätigkeit war aber in der ganzen Stadt kein Hasten, kein Rennen, Schreien, Stoßen. Alles hatte einen ruhigen, fröhlichen Gang, und wenn es der Fleiß war, der hier regierte, so gab es eine Nebenregierung: die Freude. Das gefiel dem Kasperle ganz gut, denn es ist immer ein Labsal, lachende Gesichter bei tüchtigem Schaffen zu sehen.

Nur: er hatte Hunger.

Und der H u n g e r macht ein bös' Gesicht.

Darum fragte ihn ein Mann, der fröhlich einen Handkarren mit Kohlen hinter sich herzog: »Na, mein Junge, warum schaust du so sauer drein?«

»Weil ich Hunger habe«, antwortete Zäpfel.

Und der Kohlenmann sprach: »Du sollst gleich keinen Hunger mehr haben. Hilf mir die Kohlen ausfahren, und ich gebe dir Lohn genug, dafür Brot und Wurst zu kaufen.«

»Was?« schrie Zäpfel und rümpfte die Nase, »ich und Kohlen ausfahren?! Ich danke bestens.«

»Bitte! bitte!« antwortete der Mann, »entschuldigen Sie nur! Schneiden Sie sich eine tüchtige Scheibe von Ihrem Stolz ab und verderben Sie sich den Magen nicht daran!« Sprach's und zog lachend seinen Karren weiter.

Zäpfel Kern, ganz schwach vor Hunger, überlegte sich, was tun.

Da kam ein Maurer, der in jeder Hand einen Eimer voll Kalk trug. Wie der das Kasperle müßig stehen sah, empfand er Mitleid mit ihm und sprach: »Ich seh' dir's an, du bist traurig, daß du keine Arbeit hast. Ist's so?«

»Nein«, antwortete Zäpfel, »ich bin traurig, weil ich Hunger habe.«

»Das kommt auf eins raus«, entgegnete der Maurer, »da, nimm den kleineren Eimer und trag ihn mir zum Bau. Es ist nur, weil du mir leid tust. An Lohn soll's nicht fehlen!«

Zäpfel Kern aber rümpfte wieder die Nase und sprach: »Damit ich voll Kalk werde und mir die Hände weh tun? Nein, zu solcher Arbeit bin ich zu fein.«

»Auch gut!« antwortete lachend der Maurer, »dann fang Fliegen und iß sie in Essig und Öl. Fliegenfangen ist ein piekfeines Geschäft!« und ging pfeifend seiner Wege.

»Der infame Hunger!« murmelte Zäpfel Kern.

Da sah er vor sich ein Schaufenster, in dem lauter schöne Sachen zum Essen lagen: Schinken, Würste, Obst... Das Wasser lief ihm im Mund zusammen. Kurz entschlossen ging er in den Laden.

»Ich... ich... möchte eine Leberwurst und einen Apfel.«

»Für wieviel?«

»Für... für... ich habe kein Geld.«

»Dann verdien dir welches und komm dann wieder.«

»Ich schlag' dafür einen Purzelbaum.«

»Das ist keine Arbeit.«

»Ich... ich... schneid' komische Gesichter.«

»Das ist erst recht keine.«

»Ach Gott! Ach Gott! Huhuhuhu!« Und das Kasperle weinte.

Da beugte sich eine junge Frau, die zwei Handkörbe neben sich stehen hatte, zu ihm nieder und sprach: »Weißt du was, Kleiner?

Trag mir den einen Handkorb nach Hause und du kriegst ein Stück Brot.«

»Ist er schwer?« fragte Zäpfel Kern und musterte den Korb.

»Leicht ist er nicht, aber du kriegst auch Honig aufs Brot.«

Zäpfel hob den Korb etwas, stöhnte »uff« und setzte ihn wieder hin.

»Ein Stückchen Streuselkuchen ist auch noch da.«

Zäpfel seufzte. Zäpfel überlegte. Zäpfel seufzte wieder. Zäpfel dachte an Honigsemmeln. Zäpfel seufzte nochmals. Zäpfel dachte an Streuselkuchen. Zäpfel war überwunden.

Zäpfel nahm den Korb und trug ihn, als wäre er mit Blei und Eisen gefüllt, ächzend neben der jungen Frau her, die mit einem liebenswürdigen Lächeln auf ihn herabsah.

Der Weg bis zur Wohnung der jungen Frau, d. h. also: der Weg bis zu den Honigsemmeln und dem Streuselkuchen war recht hübsch weit, und wie sie endlich am Hause angekommen waren, mußten sie auch noch vier Treppen steigen.

Zäpfel meinte bei jeder Treppe: »Ist das die letzte?« und war todunglücklich, daß er erst dort aufhören durfte zu steigen, wo überhaupt keine mehr war. »Zu dumm, daß die Leute die Häuser so hoch bauen, ich zieh' einmal in den ersten Stock, wenn ich groß bin, das ist gewiß!«

»Aber dort hast du keine so schöne Aussicht wie hier«, entgegnete die junge Frau. Und sie ließ ihn auf einen kleinen Balkon treten, der wirklich einen herrlichen Überblick über die Stadt und weit übers Land hin bis zum Meer gewährte. »Ist das nicht wunderschön?«

»Ja«, antwortete Zäpfel. »Aber eine Honigsemmel ist noch wunderschöner, und Streuselkuchen ist am wunderschönsten«, und er wollte durchaus in die Küche.

Aber die junge Frau sagte: »Ei, wie werde ich einen so höflichen Herrn, der mir meinen Korb getragen hat, in der Küche speisen lassen, das wäre ja gegen alle gute Lebensart. Nein, mein junger

Freund, du wirst hier auf dem Balkon tafeln! Meine kleine Dienerin Täubele wird gleich decken!«

»Erst decken?« maulte Zäpfel.

»Das versteht sich! Wir sind doch gesittete Leute! Nicht?«

Zäpfel, um die Wahrheit zu sagen, legte im Augenblick wenig Wert darauf, zu den gesitteten Leuten gezählt zu werden, aber darauf wurde durchaus keine Rücksicht genommen. Fräulein Täubele, ein kleines zierliches Persönchen, das nur einen merkwürdig unbeholfenen Gang und ein ganz, ganz kleines Kröpfchen am Hals hatte, brachte ein rotlackiertes Tischchen herein, deckte eine weiße Serviette darüber, stellte einen gleichfalls rotlackierten Stuhl daran, lud Zäpfel ein, sich darin niederzulassen, und erst, als alles dies geschehen war, brachte die junge Frau selber ein zierliches Brotkörbchen voll knuspriger Semmeln, eine Büchse Honig und einen Kuchenteller herbei, auf dem sich ein wahres Gebirge von Streuselkuchen erhob.

Zäpfel wollte sogleich mit allen zehn Fingern über das Streuselkuchengebirge herfallen, aber er mußte sich erst noch eine Serviette umbinden lassen und wurde dann zwar höflich, aber bestimmt eingeladen, gemäß der Ausmachung mit den Honigsemmeln zu beginnen. Einen nicht geringen Trost gewährte ihm dafür, daß während dieser ihm sehr unnötig erscheinenden Vorbereitungen Fräulein Täubele eine gewaltige Kanne voll dampfender Schokolade und eine höchst angenehm wirkende Schüssel Schlagsahne zu dem übrigen stellte.

Nun war das Kasperle aber durchaus nicht mehr zu halten. Von den Semmeln, die er dick mit Honig lackierte, nahm er nur zwei; dafür ließ er das Streuselkuchengebirge bis auf den letzten Rest in seinen Magen verschwinden und sorgte angelegentlich dafür, daß es auf diesem in seinen Magen verpflanzten Gebirge nicht an Feuchtigkeit fehlte. Er trank fünf Tassen Schokolade. Die Schlagsahne aber nahm er zuletzt, damit das Gebirge im Magen auch schön mit Schnee und Gletschern versehen sei.

Während dieser wichtigen Handlung verlor er kein Wort und hatte auch durchaus keinen Sinn für seine nähere und weitere Umgebung. Aber als er Teller, Tassen, Schüssel, Kannen geleert hatte, lehnte er sich in seinen Stuhl zurück und sah seine Wohltäterin mit dankbaren Kasperleaugen an, indem er sprach: »Wenn Sie wieder einmal einen Korb zu tragen haben: hier ist ein Packträger.«

Die junge Frau sah ihm seltsam tief in die Augen und lächelte dazu so unbeschreiblich lieb und sanft, daß es dem Kasperle, das ja keine Mutter hatte, zum ersten Mal in seinem Leben zumute war, als müsse er recht aus Herzensgrunde sagen: »Mama! Mama!«

Und er tat's. Er rief: »Mama!« und setzte sich der jungen Frau auf den Schoß und – gab ihr einen Kuß? – umarmte sie? – nein –: er hob seine Kasperlenase hoch und schnüffelte wie ein Jagdhund, der eine Fährte gefunden hat, und – fuhr plötzlich mit der Hand in den Halsausschnitt der jungen Frau und zog... was zog er hervor? –: das kleine Döschen mit den Ananaskügelchen!

Und nun küßte und umarmte er die junge Frau erst recht und schrie:

»Natürlich bist du es! Mein Schwesterchen! Die schöne Frau Dschemma! O ich Esel, daß ich es nicht gleich gemerkt habe! Es kann ja auch gar niemand so lieb und gut sein wie du!« Und er wollte seine alte Freundin schier auffressen vor Liebe. Die aber ließ sich seine Liebkosungen gern gefallen, bis er einfach nicht mehr konnte und wie ein Telegraphenapparat tak-tak-tak-tak ungeheuer schnell hintereinander fragte: »Ja, aber das Schloß?... Ich denke, du bist in der Erde?... Und wo ist Löcklich?... Und General Bumbautz?... Und die Tauben?... Und die Dackelsoldaten?... Und die Kutschierkatzen?... und die Ananaskügelchen?...«

Er bekam eines in den Mund gesteckt, und dann antwortete Frau Dschemma: »Es ist alles wieder in schönster Ordnung, mein liebes Zäpfele. Das Schloß steht wieder, wie früher, weiß und leuchtend im Wald, bewacht von General Bumbautz mit seiner Dackelarmee, umschwirrt von den Tauben und fleißig inspiziert von Löcklich und seinen beiden Söhnen. Ich ließ es nur verschwinden, um dir einen gehörigen Schrecken einzujagen für dein Weglaufen. Auch wollte ich erst sehen, wie du dich bei der Nachricht von dem Unternehmen deines Meisters betragen würdest. Nun: da hast du dich recht wacker als ein guter und tapferer Junge benommen, und deshalb bin ich dir gefolgt, nur begleitet von meinem Lieblingstäubchen, das ich zu einem Fräulein Täubele gemacht habe. Nur das Kröpfchen und den wackelnden Taubengang habe ich ihr nicht wegzaubern können.«

»Gurr! Gurr!« bemerkte hierzu Fräulein Täubele, »das hätte mir auch sehr leid getan, denn es gibt nichts Niedlicheres als einen kleinen Kropf und nichts Graziöseres als meinen Gang!«

Frau Dschemma aber fuhr fort: »Natürlich kann ich hier, wo alles fleißig ist, nicht als Fee leben. Das würde bei den braven Einwohnern der Insel Goldboden Ärgernis erregen. Deshalb lebe ich hier als Gold- und Silberstickerin und arbeite allerhand schöne Sachen zum Verkauf. Wenn du, wie ich hoffe, hier recht fleißig und folgsam sein wirst, sticke ich dir eine goldene Kasperlemütze und eine silberne Schultasche.«

»Schultasche?« wiederholte argwöhnisch Zäpfel Kern.

»Du gehst doch natürlich gleich morgen in die Schule!« sagte Frau Dschemma, als wäre das etwas ganz Selbstverständliches.

Zäpfel Kern aber hatte allerlei Bedenken.

»Ich bin doch jetzt eigentlich zu alt dazu«, meinte er, »zu erfahren, zu weit gereist.«

»Aber kannst trotzdem noch nicht einmal lesen und schreiben!« entgegnete Frau Dschemma. »Erinnere dich an das, was du vor dem Wegweiser dachtest! – Und überdies: Bin ich jetzt nicht dein Mütterchen? Hast du nicht Mama zu mir gesagt? Und muß ein gutes Kind nicht seiner Mama folgen?«

Da warf Zäpfel Kern alle seine dummen Einwendungen in den Wind, flog seinem Mütterchen an den Hals und rief: »Ja, Mama, ja, mein gutes, schönes, liebes Mamachen! morgen geh' ich in die Schule!«

Und er ging zur Schule, aber die guten Vorsätze hielten nicht lange stand: Spinnifax, ein Mitschüler, erzählte ihm von dem Verein ›Auskneifia‹ und dem ›Spielimmerland‹, in das man mit Hilfe des freundlichen Doktors Schlaumeier gelangen konnte, Die beiden Bürschchen verabredeten sich und eilten heimlich zu dem Treffpunkt, wo sie auch bald mit einer von Eseln gezogenen Kutsche abgeholt wurden. Unterwegs erklärte Doktor Schlaumeier dem Kasperle die Gegend:

»Sieh dich um! Was da im Mondschein rechts und links glänzt, ist das Meer. Wir sind auf der großen Brücke, die von der Insel Goldboden nach dem Land der Wanstphalen führt.«

»Ach ja!« rief Zäpfel Kern, froh, seine Weisheit zu zeigen, »mit der Hauptstadt Münster!«

»Nicht doch! Nicht Westfalen, sondern Wanstphalen. Das ist das Land der Dickwänste, die nichts tun, als Knödel essen und dickes braunes Bier trinken. Glückliche Leute, kluge Leute. Nicht so dumm wie die Bewohner von Goldboden. Wir werden durch alle Städte dieses gesegneten Landes kommen, denn es liegt vor Spielimmerland. Die beiden Länder gehören gewissermaßen zusammen, denn, wenn die Kinder in Spielimmerland groß und des Spielens müde werden, so ziehen sie nach Wanstphalen und setzen sich bei Knödel und Bier zur Ruhe, fürderhin nichts weiter treibend als die Pflege ihrer Bäuche, die denn auch, wie du sehen wirst, bei der ausgezeichneten Kost und dem Fehlen jeglicher Arbeit und Sorge herrliche Ausdehnung annehmen. Der erste Ort, durch den wir kommen werden, heißt Wansten. Dort sind die Bäuche noch kümmerlich. Es genügt, Reifen um sie zu schlagen und zu ihrer Stütze kleine eiserne Streben an den Füßen anzubringen. Aber in Wanstheim, dem nächsten Ort bereits, muß schon ein Rad unter dem Bauch anmontiert werden. In Wanstlingen zwei, in Wanstmünster drei Räder. In Wanstantinopel aber, der prächtigen Hauptstadt von Wanstphalen, sind vier Räder nötig.«

»Ist das nicht unbequem?«

»Keineswegs, denn die Räder sind mit einer elektrischen Batterie verbunden und ziehen somit Bauch und Mann ganz nach Wunsch. Es ist wie bei einem Automobil. Der betreffende Wanstphale drückt auf einen Knopf, wenn er gehen will, und sofort zieht ihn sein beräderter Bauch vorwärts, ohne daß er selbst die geringste Mühe hat. Will er dann stehenbleiben, so drückt er einfach auf einen anderen Knopf.«

»Und wenn sie schlafen wollen?«

»Ein Ruck an einem Hebel, und die Räder legen sich an die Seite des Bauches, der Bauch sinkt langsam nieder, der Wanstphale sinkt in die Knie (als ob er seinen Bauch anbetete) und legt seinen Kopf auf den Bauch wie auf das weichste Federkissen.«

»Also schlafen die Wanstphalen nicht in Häusern?«

»In Wanstphalen gibt es nur Wirtshäuser, und das sind einfach lange Hallen, in denen rechts Knödelschüsseln und links Bierfässer stehen. Dort spielt sich das ganze Leben der Wanstphalen ab, und dort schlafen sie auch.«

»Keine Theater? Keine Kirchen? Keine Geschäfte?«

»Wozu denn? Wer bloß seinen Bauch pflegt, braucht keine Theater, keine Kirchen, keine Geschäfte.«

»Und keine Gerichte? Keine Amtsgebäude?«

»Nichts Gerichte! Nichts Amtsgebäude! Die Wirtshäuser sind die Amtsgebäude. Die Wanstphalen haben einige dumme Kerle aus Goldboden angestellt, die ihnen Bier brauen und Knödel kochen. Das sind ihre einzigen Beamten.«

»Ich kann mir das aber doch eigentlich nicht nett vorstellen, immer bloß essen und trinken und seinen Bauch spazieren fahren.«

»Weil du noch zu jung und nicht weise genug bist, mein Sohn! Die Weisheit der Wanstphalen beruht auf ihrer Faulheit, und ihre Faulheit beruht darauf, daß ihr Gehirn zu Fett geworden und in den Bauch gerutscht ist. Doch, wie gesagt, um das zu begreifen, bist du noch zu jung.«

»Offen gestanden, lieber Herr Doktor, danke ich für diese Weisheit«, entgegnete Zäpfel Kern vernünftiger, als man es ihm zutrauen sollte, »denn ein Leben ohne Kopf ist gar kein Leben.«

»Abwarten, mein Junge, abwarten!«

»Und wie steht es denn mit dem Herzen bei den Wanstphalen?«

»Auch verfettet! Auch in den Bauch gerutscht!«

»Pfui Teufel!« rief Zäpfel Kern aus, »dann haben sie also nichts lieb auf der Welt?«

»Doch! Ihren Bauch!«

»Pfui Teufel noch einmal!«

»Nicht so laut! Wir werden gleich in Wanstphalen sein, und es schickt sich nicht, die Gebräuche eines Landes zu schmähen, in dem man Gast ist.«

In der Tat hatten sie jetzt, als eben die Sonne aufging, die Brücke hinter sich und kamen auf das Festland. Die übrigen Jungen wachten nun auch auf, und es wurde sofort in einer der langen Bier- und Knödelhallen von Wansten das Frühstück eingenommen, das natürlich aus Bier und Knödeln bestand.

Hier sowohl als auch in den übrigen Städten von Wanstphalen kümmerte sich übrigens kein Mensch um den Wagen der »Auskneifia«. Alle diese Bauchmenschen waren vollkommen teilnahmslos für alles und glotzten nur immerzu mit ihren kleinen blöden Augen in den aufgedunsenen öligen Gesichtern auf ihren Bauch.

Und wie die Gesichter der Menschen war die Landschaft: blöd, leer, langweilig, unschön und dumm. Den gescheitesten Eindruck machte das Rindvieh auf der Weide, und die vielen Schweine, die in dem überdies schmutzigen und ganz verwahrlosten Land herumliefen, machten einen viel klügeren Eindruck als die Bauchmenschen, denen übrigens offenbar auch die Sprache verloren gegangen war, denn sie konnten bloß wonnig grunzen, wenn sie Bier schluckten oder Knödel schlangen.

»Müssen wir noch lange durch dieses ekelhafte Land fahren?« fragte Zäpfel Kern.

»Bis gegen sechs Uhr abends, dann kommen wir an die Grenze von Spielimmerland«, antwortete der Doktor.

Und Zäpfel Kern, angewidert von diesen Bauchtieren (denn für Menschen wollte er sie nicht gelten lassen), machte die Augen zu, um nichts mehr von ihnen zu sehen. So ritt er in freiwillig gewählter Blindheit stunden-, stunden-, stundenlang auf seinem Eselchen, bis fröhliches Lachen, Singen und Jauchzen seinen Ohren verkündete, daß sie das Land der stummen und stumpfen Bauchknechte hinter sich hatten.

Er machte die Augen auf und sah mit Entzücken die Grenze von Spielimmerland vor sich.

Als Zäpfel Kern die Augen aufmachte, glaubte er zu träumen. War das Wirklichkeit? Konnte das Wirklichkeit sein?

Hinter einer Grenzschranke, die über und über mit rosa Fahnen besteckt war und an der sich eine Tafel mit der Aufschrift befand. »Erwachsenen mit Ausnahme des Herrn Doktor Schlaumeier ist der Zutritt streng verboten!«, dehnte sich ein unabsehbarer Spielplatz aus. Soweit das Auge reichte, war alles eine große Festwiese mit Tausenden von Karussells, Kasperletheatern, Schießbuden, Schaukeln, Zirkussen, Rennbahnen, Rutschbahnen, Menagerien, Affentheatern, Hundetheatern, Zaubertheatern, Panoptikums, Limonadezelten, Zuckerbäckereien, Schmalzbäckereien, Kokosnußbuden, Pfefferkuchenbuden, Spielwarenbuden –; kurzum: alles, was man sich nur denken kann an Schau- und Spielgelegenheiten, war in ungeheurer Masse da. Hunderttausende von Leierkasten, so mußte man glauben, waren es, die diesen unsäglichen lustigen Radau verübten, der die Luft mit Marsch- und Walzer- und Polkamelodien erfüllte. Aber damit noch nicht genug, hörte man unablässig Büchsen knallen, Kegelkugeln rollen, Hoch! und Hurra! und Heisasa! schreien und lachen und kreischen und Beifall rufen. Und mit diesen Tönen zogen durch die Luft höchst angenehme Düfte von Hühnerbratereien und Schmalzbäckereien und Konditoreien. Es war für die Augen, für die Ohren, für die Nasen gleichmäßig gesorgt, und Augen, Nasen und Ohren brauchten eine gute Weile, sich an diese Fülle von Darbietungen zu gewöhnen.

Das erste, was auffiel, war der Umstand, daß nur Jungen diese ungeheure Festwiese bevölkerten, Jungen zwischen sechs und zwölf

Jahren. Nicht ein Mädchen war zu sehen und nicht ein Erwachsener, mit Ausnahme des Doktor Schlaumeier, der von allen Seiten mit Hurra begrüßt wurde, sich aber schnell entfernte, nachdem er die »Auskneifia« vor ein sehr hübsches, rosarot angestrichenes Haus gefahren hatte, auf dem eine Fahne mit der Aufschrift wehte: »Auskneifia Goldboden!«

Die nächsten Tage verbrachten Zäpfel Kern und Spinnifax damit, das gesamte Gebiet von Spielimmerland zu durchstreifen, weil sie sich vor allem einen Begriff des Ganzen verschaffen wollten.

Aber das war völlig unmöglich, obwohl sie sich zu diesem Zweck jeder eines der vielen Fahrräder nahmen, die überall zur freien Verfügung dastanden. Nach welcher Himmelsrichtung und wie weit sie auch radeln mochten, überall sahen sie dasselbe Bild: entweder eine riesige Vogelwiesenstadt mit Buden und Zelten oder ungeheure Spielplätze der verschiedensten Art: Zum Ballschlagen mit Hand oder Fuß; zum Rennen, Jagen, Verstecken; zum Schaukeln, Wippen, Tanzen; zum Theaterspielen, Zirkusspielen; – kurz, was es an Spielen für Jungen überhaupt nur gibt: für alles war gesorgt, für alles waren Gelegenheit und Gerät reichlich vorhanden.

Mit einem Feuereifer, wie er ihn in seinem Leben noch nicht an den Tag gelegt hatte, warf sich Zäpfel Kern in diesen lustigen, bunten, lauten Trubel, und es dauerte nicht lange, so galt er in ganz Spielimmerland als der beste Spielkamerad der ewigen Ferienkolonie. Wo er sich nur immer sehen lassen mochte, überall wurde er mit Hurra empfangen, denn überall wußte ein jeder von diesen kleinen Tagedieben, daß er der unermüdlichste Tagedieb von allen war, immer den Kopf voll von neuen Spielen, neuen Einfällen, neuen Tollheiten.

Nach einem Vierteljahr war er der unbestrittene Haupthahn von Spielimmerland, und nur der Jungenkönig stand über ihm. Aber nun kam der große Staatsfesttag der ewigen Ferienkolonie, das Preiswettrennen, bei dem es sich entscheiden sollte, ob der bisherige König auch König bleiben sollte oder von einem anderen besiegt werden würde, der dann an seiner Stelle den Thron von Spielimmerland besteigen durfte.

Natürlich gewann Zäpfel dieses Wettrennen haushoch. Er wurde nun König und ernannte Spinnifax zu seinem Reichskanzler.

Am nächsten Morgen wurde Seine Majestät Zäpfel der Erste durch die Klänge der Wachtparade geweckt, und er wollte schon seinen Kammerdiener herbeiklingeln, daß der ihn anzöge, da fiel sein Blick auf den großen Spiegel, der an der Seitenwand des königlichen Bettes angebracht war, und er ließ sogleich vor Schrecken das seidene Klingelband fallen.

An seinem Kopf war eine Veränderung vor sich gegangen, die fürchterlich war.

Man erinnert sich wohl noch, daß Meister Zorntiegel anfangs vergessen hatte, dem Kasperle ein paar Ohren anzusetzen. Das war ein Mangel gewesen, dem aber aufs anständigste abgeholfen worden war. Zäpfel Kern hatte, wie wir wissen, ein paar nette, sehr niedliche Ohren erhalten, und er war immer etwas eitel auf seine kleinen Öhrchen gewesen. Und nun, entsetzlich, erblickte er an deren Stelle zwei ungeheure haarige Ungetüme, von denen er nichts anderes sagen konnte, als daß es zwei ausgewachsene Eselsohren waren.

»Hoffentlich träume ich das bloß«, sagte Zäpfel zu sich selber, »ich habe zu viel Krönungsbier getrunken, und die Folge davon ist, daß ich so abgeschmackt träume!« Und er kniff sich in die Ohren, um zu sehen, ob er wirklich wach wäre. Hilf Himmel! wirklich! es tat weh! Er träumte also nicht!

Sein Schreck war furchtbar. Ein König mit Eselsohren! Das war ja ganz unmöglich! Was tun!? Was tun!?

»Ah! Ich werde meinen Leibarzt rufen! Er soll sie mir abschneiden!« Und er rief zur Tür hinaus, ohne sie zu öffnen (denn es durfte ja niemand sehen, wie entstellt er war): »Holt meinen Leibarzt!«

Eine Stimme antwortete: »Majestät geruhen zu scherzen. Wie sollte es unter uns einen Arzt geben, da es unser Stolz ist, nichts gelernt zu haben. Befehlen Eure Majestät lieber, welches Spielzeug ich bringen soll.«

»Geh zum Kuckuck mit deinem Spielzeug!« schrie Zäpfel Kern, dem jetzt eine Ahnung aufstieg, welche Folgen es hat, wenn Kinder nichts lernen wollen.

»Oh! Oh! Oh!« tönte es mißbilligend von draußen.

Zäpfel Kern aber sah, daß seine Ohren noch länger wurden, und immer haariger, und immer steifer, und es ergriff ihn Verzweiflung. Laut weinend und den Kopf in den Kissen des Bettes vergrabend, schluchzte er: »Ach! wäre jetzt doch Frau Dschemma bei mir oder wenigstens Professor Doktor Maikäfer, der ein so gelehrter Arzt ist.«

»Der ist da«, ertönte eine summende Stimme, und richtig, als Zäpfel aufsah, erblickte er den gelehrten Maikäfer in der Tracht eines Arztes, wie damals in Frau Dschemmas Schloß an seinem Bett.

»Ach, lieber Herr Professor, sehen Sie nur! Was ist denn das?« jammerte unser Kasperle.

»Das sind ein paar Eselsohren«, antwortete trocken der Maikäfer.

»Ja, aber was soll ich denn damit?«

»Wackeln.«

»Wa... wa... wa...rum denn?«

»Weil du als Esel gehandelt hast, indem du fortgelaufen bist, und nun auch äußerlich nach und nach ganz und gar ein Esel werden wirst.«

»Ich, der König...?«

»Ja, du, der König dieser Esel von Jungen, die auch alle miteinander einmal richtige Esel werden. Denkst du denn, das geht ewig so fort, das Spielen und Unsinn treiben? Dabei vereselt erst das Innere, dann die Ohren und schließlich alles übrige. Zu keinem andern Zweck hat euch ja dieser Doktor Schlaumeier hierhergebracht! Dieses ganze Land ist nichts als eine Gründung von ihm, der der größte Schlaumeier und Eselhändler der Welt ist. Von ihm wird hier alles unterhalten, ihm gehören alle diese Buden und Spielplätze, und er führt aus allen Ländern die dümmsten Jungen hierher, daß sie zu Eseln werden, die er dann teuer genug verkauft.«

Da zog Zäpfel Kern sich hastig an und klopfte bei seinem Reichskanzler.

Als sich die Tür öffnete, wurde Spinnifax sichtbar, mit einer großen Zipfelmütze. auf dem Kopf.

»Empfängst du deinen König in der Schlafmütze?« herrschte Zäpfel ihn an.

»Ich bitte um Verzeihung, Ma... ma... ma... jestät, ich habe Rheu... Rheu... Rheumatismus.«

»An den Ohren?«

»J-a.«

»An beiden?«

»J-a.«

»So zeig mir deine Ohren!«

»Da... da... das geht nicht.«

»Warum nicht?«

»Wei... wei... weil ich sie verbunden habe.«

»Womit denn?«

»Mi... mi... mit Pelz.«

»Aha! ich weiß schon... Ach Spinnifax! Spinnifax! Was für Esel sind wir gewesen.«

»I-a, i-a, i-a!«

Und plötzlich mußte auch Zäpfel Kern schreien, »I-a! I-a! I-a!«

Man hätte wirklich glauben können, nicht in einem Königsschloß, sondern in einem Eselsstall zu sein.

»Du hast ja auch Eselsohren!«

»Und du eine Eselsschnauze!«

»Du bist überhaupt ein Esel!«

»Und du mein Bruder!«

Und der König und der Reichskanzler fuhren mit wildem I-a! I-a! aufeinander los und bissen sich mit ihren großen Eselzähnen und schlugen gegeneinander aus und peitschten einander ihre Eselsschwänze um ihre Eselsohren. Da erklang von draußen eine rauhe Stimme und rief: »Ruhe, ihr Bestien! Oder ich lasse euch meine Peitsche kosten!« Es war die Stimme Doktor Schlaumeiers.

Doktor Schlaumeier, nicht mehr so lustig angezogen wie früher, trat ein und knallte heftig mit einer langen Peitsche. Dann sprach er: »So! Nun sind wir soweit! Nun seid ihr reif! Marsch hinaus und über die Hintertreppe hinunter auf den Markt!«

Spinnifax und Zäpfel Kern, störrisch, wie Esel nun einmal sind, klemmten die Schweife zwischen die Beine und rührten sich nicht.

»Ihr wollt nicht?« brummte Doktor Schlaumeier, »das hab ich mir gedacht! Freilich, wenn man ein König ist und ein Reichskanzler! Hahahaha! Aber vielleicht geht's, wenn ich Seiner Majestät einen Fußtritt gebe und Seiner Durchlaucht einen saftigen Peitschenhieb über die Ohren.« Kaum gesagt, so auch schon getan.

Au! wollte Zäpfel Kern schreien, aber es kam nur ein schreckliches Eselsgebrüll aus seinem Mund, – ich wollte sagen seiner Schnauze. Dann setzten sie sich in Trab, nicht ohne wehmütig die noch nicht zu Eseln gewordenen Jungen ihre Spiele treiben zu sehen.

Aber Doktor Schlaumeier tröstete sie: »Denen geht's allen einmal so wie euch. Jeder Faulpelz kriegt einen Eselspelz. Es gibt kein besseres Geschäft als meines.« Und er trieb sie über die Grenze von Spielimmerland zum Eselsmarkt.

Spinnifax wurde von einem Müller gekauft, dem sein Mehlsackesel gestorben war, aber für Zäpfel Kern fand sich ein Käufer in der Person eines Zirkusdirektors. Der warf ihm ein Seil um den Hals und schleppte ihn in die Stadt.

Nun mußte Zäpfel durch eine harte Dressur-Schule gehen. Als er erstmals öffentlich auftreten sollte, versuchte er, sich zu befreien. Dabei brach er sich die Hinterbeine und wurde an den Schinder verkauft. Als der ihn ersäufen wollte, um das Fell zu erlangen, wurde er wieder in seine alte Kasperlegestalt verwandelt und schwamm hinaus aufs Meer. Plötzlich wurde es dunkel um ihn:

Ein Walfisch hatte ihn verschlungen.

»Was ist denn das?« schrie Zäpfel Kern. »Gibt's denn hier keine Straßenbeleuchtung? Wo dreht man denn hier das elektrische Licht an?«

»Oh! Oh! Oh! Rrrr!« knurrte etwas in der Nähe, das an ihn anstieß.

»Bitte, schubsen Sie nicht, Herr Rrrr! Stellen Sie sich lieber vor«, sagte das Kasperle.

»Mein Name ist Knurrhahn, Seefisch und Bauchredner«, knurrte die Stimme. »Sie sind offenbar fremd hier, sonst hätten Sie mich an meinem Organ erkannt. Auch scheinen Sie nicht zu wissen, was Ihnen bevorsteht, sonst würden Sie nicht nach Licht verlangt haben. Seien Sie froh, daß Sie im Dunkeln verdaut werden.«

»Verdaut? Wieso?«

»Ja, glauben Sie denn, der Walfisch hat uns verschluckt, bloß damit wir in seinem Maul spazierenschwimmen? Mit seinem nächsten Atemzug saugt er uns in seinen Magen, und dann Prosit Mahlzeit – für ihn! Wir werden dann keine Gelegenheit mehr bekommen, zu Mittag zu essen, wir werden uns in seinem Magensaft auflösen. Höchst unangenehm das!«

»Das wollen wir erst mal sehen, ob er Tannenholz verdauen kann!« bemerkte Zäpfel Kern. »Aber was Sie betrifft, Herr Knurrhahn, so sollten Sie froh sein, in den Bauch eines Walfisches zu kommen, wo Sie Gelegenheit haben, sich nun in doppeltem Sinn als Bauchredner zu produzieren.«

»Sie sind ein frivoler Geselle«, knurrte der Knurrhahn und schoß in eine andere Straße des Walfischmaules, das heißt, er bog um den nächsten Zahn des Ungetüms.

Zäpfel Kern aber kletterte an einem hohlen Zahn in die Höhe, der ihm hoch wie ein Kirchturm zu sein schien, und er setzte sich an den Rand dieses Kraters, denn es war ein wahrer Kraterschlund, der die Höhlung dieses Zahnes bildete.

»Zahnärzte scheint es hier auch nicht zu geben«, sagte Zäpfel Kern vor sich hin, »sonst hätte sich das Seeungeheuer wohl diesen hohlen Zahn plombieren lassen.«

In diesem Augenblick ertönte aus der Tiefe des hohlen Walfischzahnes eine Stimme. Es war der Leibdelphin der Fee Dschemma, der also sprach:

»Es ist doch unglaublich! Statt vor Angst zu sterben, machst du faule Witze!«

»Grüß Gott!« rief Zäpfel in den Abgrund hinab. »Ich wußt' es ja, daß ich hier Bekannte treffen würde. – Aber du irrst dich, wenn du meinst, daß mir vergnügt zumute ist. Weißt du, ich tu' bloß so, als wäre ich lustig. Soll ich etwa weinen und heulen? Scheußlich genug ist es ja hier, und wenn ich an den Magensaft denke, in dem ich mich auflösen soll, wird mir übel, aber was ein richtiges Kasperle ist, das stellt sich wenigstens fidel, wenn es auch nicht fidel ist, und dann, – siehst du: im Vergleich zu meiner Verbannung in die Eselshaut ist es hier im Grunde ganz erträglich. – Die Hauptsache aber ist: ich bin voll Vertrauen auf die Hilfe unserer guten Frau Dschemma! Ich weiß es ganz gewiß, sie verläßt mich nicht.«

»Das ist ein gutes Wort, mein Junge!« rief der Delphin aus, »und zur Belohnung dafür will ich dir etwas Schönes sagen. Ja, Zäpfel Kern, unsere liebe Frau Dschemma will dich nicht verlassen, doch mußt du dich erst als einen tapferen Burschen beweisen. Wisse: dies ist der Walfisch, der Meister Zorntiegel verschlungen hat, und heute, jetzt noch lebt der gute Alte im Innern dieses Ungetüms. Willst du ihn retten?«

»So wahr ich ihn und Frau Dschemma von Herzen liebe!«

»Sehr schön, mein Junge, aber bedenke wohl: es kann dich dein Leben kosten!«

»Von wem habe ich denn mein Leben, wenn nicht von meinem großen Meister Zorntiegel? Gerne setze ich es aufs Spiel für ihn.«

»Sehr löblich, liebes Kasperle. Aber ich darf es dir nicht verhehlen: es ist nicht sehr wahrscheinlich, daß du mit dem Leben davonkommst, wenn du dich dorthin wagst, wo er jetzt ist. Dagegen kannst du augenblicklich die Freiheit gewinnen, wenn du darauf verzichtest, ihn retten zu wollen. Du brauchst dich nur auf meinen Rücken zu setzen, und ich schwimme mit dir hinaus aus dem Rachen des Untiers ins Meer und bringe dich zur Insel Goldboden.«

»Pfui! Wie kannst du mir so etwas anbieten! Das hat dir unsre gute und schöne Herrin gewiß nicht aufgetragen! Nein! Lieber mit meinem Meister tot, als ohne ihn lebendig!«

Wie das Frau Dschemmas Leibdelphin hörte, peitschte er so vergnügt in dem hohlen Zahn des Walfisches herum, daß der ganz locker wurde; dann rief er aus: »Glück auf den Weg! Gleich wird der Augenblick kommen, wo der Walfisch das Wasser einzieht, um die Tausende von Fischen in seinen Magen zu befördern, die jetzt mit uns in seinem Maul sind. Du könntest dich retten, indem du zu mir in die Zahnhöhlung sprängest; so aber, da du ein tapferer Junge bist, machst du, wenn das große Rasseln des Einatmens ertönt, einen Hechtsprung kopfüber in die Strömung und läßt dich mit in das Innere des Ungeheuers saugen. Vielleicht ist es dir bestimmt, dort mit den Fischen zugleich zu verderben. Dann bist du als Held gestorben, Zäpfel Kern! Vielleicht aber gelingt es dir, ein kleines Licht zu erblicken. Auf dies schwimm mutig los! Du wirst dann ein Schiebefenster sehen. Dies schieb in die Höhe und kriech in die Öffnung hinein! Mehr kann ich dir nicht sagen. Behüt' dich Gott, mein tapferer Bursch! Ich hoffe, daß wir uns wiedersehen!« Kaum hatte der Delphin seine Rede beendet, da kündete auch schon ein furchtbares Gurgeln und Rasseln an, daß der Walfisch das Geschäft des Einatmens begann. Sofort stürzte sich Zäpfel Kern vom Rand des Zahnes in die Strömung, von der er sich augenblicklich, umdrängt von einer ungeheuren Anzahl zappelnder Fische, rasend schnell fortgezogen fühlte, einer noch dunkleren Höhlung zu, die sich immer mehr und mehr verengte, bis es so enge wurde, daß Zäpfel zu ersticken glaubte. Denn er wurde jetzt mit den ihm zunächst befindlichen Fischen zu einer Masse zusammengequetscht. Indessen, während die Fische, deren weiches Fleisch keinen Widerstand leisten konnte, dabei zugrunde gingen, gelangte Zäpfel Kern dank seiner tannenholzenen Leiblichkeit glücklich durch die Schlundenge des Walfisches in den Walfischbauch und: Hurra! sofort sah er in dessen Hintergrund das gemeldete Lichtchen flimmern. Mit gewaltigen Stößen seiner Arme und die Beine mit der Gewandtheit eines Frosches auseinanderschnellend schwamm er drauf zu und war in weniger als fünf Minuten bei dem Fensterchen angelangt, das er sofort in die Höhe schob, um dann sogleich durch die Fensteröffnung in den Raum zu kriechen, den jenes Lichtchen spärlich genug erleuchtete. Ah, wie herrlich! in diesem Raum war es trocken. Schleunigst ließ Zäpfel Kern das Schiebefenster wieder fallen und sprang auf den Boden. Merkwürdig: es war h ö l z e r - n e r Boden!

Aber Zäpfel Kern hatte keine Zeit, sich zu wundern. Jetzt mußte er zuerst dem guten Zorntiegel um den Hals fallen.

Ach, wie sah der aus! Ein unendlich langer Bart wallte an ihm herab, und selbst die gelbe Nudelhaarperücke war weiß geworden.

So saß er hinter einem brennenden Licht an einem kleinen Tisch und las die Bibel. Fast wäre er vor glückseligem Entzücken gestorben, als sich sein Zäpfele an ihn hängte und dann vor ihn hinkniete und sprach: »Verzeih! Ich habe so unrecht an dir gehandelt, und meine Schuld ist es, daß deine Haare weiß geworden sind.«

Aber Meister Zorntiegel beugte sich über ihn, gab ihm einen langen Kuß auf die Stirn und einen längeren auf den Mund und sprach: »Du bist da, und so ist alles gut und alles verziehen. – Ach, mein Zäpfele, wie glücklich bin ich, daß meine alten Augen dich noch einmal sehen, ehe sie sich für immer schließen. Denn nun muß bald gestorben sein.«

»Nicht doch, Meister! Nicht gestorben!« rief Zäpfel aus. »Ich bin gekommen, dich zu retten!«

Aber Meister Zorntiegel schüttelte den Kopf: »Nein, es ist zu spät, und fast reut mich meine Freude, dich wiedergesehen zu haben, denn nun mußt du ja mit mir sterben. Denn es ist kein Ausweg von hier, und alle Vorräte sind aufgezehrt.«

»Wo man hereinkommt, kommt man auch hinaus«, sprach Zäpfel Kern. »Aber du sagtest: Vorräte. Hat der Walfisch eine Vorratskammer im Bauch?«

»Das nicht«, sagte Meister Zorntiegel, »aber ich habe in meinem Unglück ein wunderbares Glück gehabt, dem allein ich es verdanke, daß ich heute noch lebe. Denn, denke doch: ich bin ja seit einem Jahr im Bauch dieses Fisches.«

»Ja richtig, wie war denn das nur möglich?« rief Zäpfel aus und sah sich um.

»Was du hier siehst, mein Zäpfele«, begann Meister Zorntiegel langsam zu erzählen, »ist nicht das Innere eines Fisches, sondern das Innere der Kajüte eines Kriegsschiffes, das unser Gastwirt, denn so möchte ich den Walfisch nennen, gleichzeitig mit mir verschlungen hat. Ein glücklicher Zufall wollte es, daß bei diesem schrecklichen Verschlungenwerden mein armseliges Kähnchen im Tauwerk des großen Schiffes hängenblieb, und zwar just an einer Luke, die ich sogleich verschloß. Was aus der Bemannung des Schiffes geworden ist, weiß ich nicht. Ich weiß nur, daß ich alle Fenster und Türen fest verschlossen hielt und so verhinderte, daß Wasser zu mir gelangen konnte. Dort die Tür hinter dir führt in die Vorratskammer des Schiffes, die Tür aber da vor uns führt zu einem Panzerturm mit einer Riesenkanone. Nun, mit der Kanone konnte ich nichts anfangen, aber die Vorratskammer war meine Rettung, denn sie war voll von Konserven, Schiffszwieback, Wein und auch versehen mit Lichtern und Zündhölzern. Und was nicht weniger als Glück zu preisen ist: auch diese Bibel fand sich dort und allerlei Handwerkszeug. So brauchte auch meine Seele nicht zu hungern, und auch meine Hände konnten sich beschäftigen. – Weißt du, was ich zuerst gemacht habe?«

»Nun, was denn?« fragte Zäpfel Kern neugierig.

»Einen Anzug für dich«, antwortete Meister Zorntiegel.

»Famos! Famos!« rief Zäpfel aus, »den kann ich brauchen, denn ich bin, wie du siehst, fiserfasernackt. Hurra! Hurra! Gleich zieh' ich einen schönen Kasperleanzug an!«

Und dann erzählte Zäpfel Kern, während er sich anzog, seine ganzen Erlebnisse.

Aufmerksam hörte der Alte zu, dann sprach er: »Wunderbar hat dich Gott durch seine Fee, die gute Frau Dschemma, geleitet, die ja auch ich kennenlernen durfte. Nun aber, lieber Zäpfele, werden wir uns wohl an den Gedanken gewöhnen müssen, daß das Ende nahe ist. Du ja könntest vielleicht aus dieser Finsternis, wo wir nicht bleiben können, weil ich alles aufgezehrt habe, wieder ans Licht gelangen, obwohl ich das nicht zu glauben wage, aber ich – ich bin zu alt und zu schwach.«

»Nichts da!« rief Zäpfel aus. »Du wirst gerettet, und heute noch! Ist Pulver bei der Kanone?«

»Was meinst du?«

»Pulver! Zum Schießen!«

»Gewiß! Eine ganze Kammer voll!«

»Und auch Geschosse?«

»Freilich! Ungeheuer große Zuckerhüte aus Stahl.«

»Na also. Dann schießen wir ein Loch durch unseren Gastwirt. Dann nehme ich dich auf meinen Buckel und schwimme mit dir ans Land.«

Meister Zorntiegel schüttelte den Kopf: »Du bist wahrhaftig ein echtes Kasperle, denn du hast Phantasie. Das aber, fürcht' ich, wird doch nicht gehen.«

Aber es ging! Zäpfel Kern lud eine Kanone mit dem größten Stahlzuckerhut, schoß los und, pitsch! bum! Krach! sauste der Zuckerhut durch den Leib des Walfisches.

Durch das so entstandene Loch aber sprang Zäpfel Kern ins Meer, seinen guten Meister auf dem Rücken tragend.

Draußen waren sie nun also, aber in Sicherheit deswegen lange noch nicht, und es wäre ihnen vielleicht doch noch übel ergangen, wenn nicht wieder zur rechten Zeit der gute Delphin aufgetaucht wäre, der gerade in dem Augenblick den Rachen des Walfisches verlassen hatte, als dieser, durch das Loch in seiner Seite wild geworden, höchst ärgerlich seinen Rachen aufriß und brüllte: »Was ist denn das für ein niederträchtiger Unfug? Hier zieht es ja!«

Hätte jetzt der Delphin unsere beiden Freunde nicht auf seinen Rücken genommen, so wären sie wahrscheinlich in dem fürchterlichen Aufruhr zugrunde gegangen, den das ungeheure, wütende Tier durch seine heftigen Bewegungen im Wasser verursachte. Auf dem Rücken des Delphins aber gelangten sie, wenn auch erst nach vielen Stunden und einigen Anfällen von Seekrankheit des guten Alten, glücklich ans Land, und es versteht sich von selbst, daß sie ihrem lebendigen Wasserautomobil den herzlichsten Dank aussprachen. Zäpfel gab dem Delphin sogar einen kräftigen und, wie man sich denken kann, saftigen Schmatz, obwohl das gute Schuppentier etwas tranig aus dem Schlund roch.

Dann wanderten die beiden tapfer drauflos ins Land hinein, wobei Zäpfel unausgesetzt darauf bedacht war, dem Alten das Gehen zu erleichtern.

So mochten sie etwa eine Stunde Weges hinter sich haben, als sie zwei elende Gestalten am Wege stehen sahen, die bettelnd die Hüte hinhielten und murmelten: »Ein Almosen, liebe Herren, bitte, bitte ein Almosen für einen alten lahmen Mann und eine alte blinde Frau.«

»Euch kenne ich doch?!« sagte Zäpfel Kern. »Du bist der nichtswürdige Fuchs, der mich bestohlen hat, und du die nicht weniger nichtswürdige Katze, die ihm dabei half. Es scheint also, das Sprichwort ist wahr: ›Unrecht' Gut gedeiht nicht‹, und ›Wer anderen hat einen Rock genommen, ist meist ohne Hemde umgekommen‹.«

»Es ist nur zu wahr«, antwortete der Fuchs.

»Nur zu wahr«, wiederholte die Katze.

»Und nicht nur, daß wir alles verloren haben, was wir dir und anderen stahlen, ich bin auch für meine Verstellung bestraft und wirklich lahmgebissen worden von einem schrecklichen Fanghund«, fügte der Fuchs hinzu. »Und ich«, jammerte die Katze, »wurde vor lauter Sotun in der Tat auch wirklich blind.«

»Das kommt davon«, meinte Zäpfel Kern. »Leid tut mir's ja, aber ich kann weder dir das Hinken noch dir das Blindsein wegkurieren. Ich habe jetzt mit meinem guten alten Meister zu tun, der mehr Anspruch auf meine Hilfe hat als ihr zwei Schufte. Euch kann ich nichts geben als den guten Rat: Packt euch weg und schert euch nach Hurrasien, wo man aus Räubern große Herren macht.«

»Ja, so lange einer Kraft hat zu rauben. Wir aber sind dort ausgewiesen worden, weil wir jetzt gebrechlich sind«, antworteten die zwei. »Bitte, bitte hilf uns doch! Nimm uns zu deinen Dienern an, wenn du sonst nichts für uns tun kannst. Wir wollen dir gewiß treu ergeben sein.«

Fast hätte ihnen Zäpfel Kern geglaubt, aber indem er sich alles überlegte, wie sich die beiden ihm gegenüber benommen hatten, mußte er doch zu der Überzeugung kommen, daß an ihnen Hopfen und Malz verloren war, und er sprach: »Wenn ich ein großer Herr wäre, dem's nicht darauf ankommt, vorn und hinten bestohlen und betrogen zu werden, würde ich tun, was ihr von mir möchtet; schon, damit ihr seht, daß ich nicht rachsüchtig bin. Aber so: Nein!

Ich kann mir den Luxus nicht leisten, Diebe als Diener zu nehmen. Fahrt ab, ihr Schufte! Zäpfel Kern ist klug geworden!«

Und die beiden drückten sich, indem sie murmelten: »Der ist wahrhaftig gescheit geworden!«

Meister Zorntiegel gab seinem Kasperle ganz recht: »Mitleid«, sprach er, »ist eine Tugend, aber es kann auch eine Dummheit sein und ein Unrecht an solchen, die es wirklich bedürfen. Wenn du einen andern im Elend siehst, und du kannst ihm helfen, so tu es, auch wenn er möglicherweise deiner Hilfe nicht würdig ist. Indessen, wenn du ganz genau weißt, er ist ein Schurke, so heb deine Hilfe lieber für andere auf, die nicht jeden Augenblick bereit sind, sich selbst durch Schurkereien zu helfen.«

Zäpfel Kern aber sorgte fortan auf das beste für den armen Zorntiegel und zeigte zu dessen großer Freude, daß er die Lehren, die das Schicksal ihm so bitter erteilt hatte, endlich auch beherzigen wollte. Auch Frau Dschemma war mit ihm zufrieden. Ehe sie ihn verließ, erlaubte sie ihm, durch sein ferneres Leben allen Kindern ein Vorbild zu sein, wie ja seine Abenteuer eine deutliche Warnung enthalten.

Ob ihr sie wohl verstanden habt?

Über tredition

Eigenes Buch veröffentlichen

tredition wurde 2006 in Hamburg gegründet und hat seither mehrere tausend Buchtitel veröffentlicht. Autoren veröffentlichen in wenigen leichten Schritten gedruckte Bücher, e-Books und audio-Books. tredition hat das Ziel, die beste und fairste Veröffentlichungsmöglichkeit für Autoren zu bieten.

tredition wurde mit der Erkenntnis gegründet, dass nur etwa jedes 200. bei Verlagen eingereichte Manuskript veröffentlicht wird. Dabei hat jedes Buch seinen Markt, also seine Leser. tredition sorgt dafür, dass für jedes Buch die Leserschaft auch erreicht wird.

Im einzigartigen Literatur-Netzwerk von tredition bieten zahlreiche Literatur-Partner (das sind Lektoren, Übersetzer, Hörbuchsprecher und Illustratoren) ihre Dienstleistung an, um Manuskripte zu verbessern oder die Vielfalt zu erhöhen. Autoren vereinbaren direkt mit den Literatur-Partnern die Konditionen ihrer Zusammenarbeit und partizipieren gemeinsam am Erfolg des Buches.

Das gesamte Verlagsprogramm von tredition ist bei allen stationären Buchhandlungen und Online-Buchhändlern wie z. B. Amazon erhältlich. e-Books stehen bei den führenden Online-Portalen (z. B. iBookstore von Apple oder Kindle von Amazon) zum Verkauf.

Einfach leicht ein Buch veröffentlichen: **www.tredition.de**

Eigene Buchreihe oder eigenen Verlag gründen

Seit 2009 bietet tredition sein Verlagskonzept auch als sogenanntes "White-Label" an. Das bedeutet, dass andere Unternehmen, Institutionen und Personen risikofrei und unkompliziert selbst zum Herausgeber von Büchern und Buchreihen unter eigener Marke werden können. tredition übernimmt dabei das komplette Herstellungs- und Distributionsrisiko.

Zahlreiche Zeitschriften-, Zeitungs- und Buchverlage, Universitäten, Forschungseinrichtungen u.v.m. nutzen diese Dienstleistung von tredition, um unter eigener Marke ohne Risiko Bücher zu verlegen.

Alle Informationen im Internet: **www.tredition.de/fuer-verlage**

tredition wurde mit mehreren Innovationspreisen ausgezeichnet, u. a. mit dem Webfuture Award und dem Innovationspreis der Buch Digitale.

tredition ist Mitglied im Börsenverein des Deutschen Buchhandels.

Dieses Werk elektronisch lesen

Dieses Werk ist Teil der Gutenberg-DE Edition DVD. Diese enthält das komplette Archiv des Projekt Gutenberg-DE. Die DVD ist im Internet erhältlich auf **http://gutenbergshop.abc.de**

MIX

Papier | Fördert
gute Waldnutzung

FSC® C083411

Zeitfracht Medien GmbH
Ferdinand-Jühlke-Straße 7
99095 Erfurt, Deutschland
produktsicherheit@kolibri360.de